Avant-propos

En découvrant chaque jour une nouvelle blague, pimentez vos journées avec une séance de franche rigolade !

L'Almaniak *Les Meilleures Blagues 2022* vous propose une sélection d'histoires drôles à mourir de rire, qui feront travailler vos zygomatiques !
Savourez pleinement ces petits moments de bonne humeur, seul(e) ou entre amis, et passez une année 2022 riche en fous rires !

Les almaniaks

EN 365 JOURS

2022

LES MEILLEURES BLAGUES

Les Meilleures Blagues 2022

57, rue Gaston-Tessier - 75019 Paris.
ISBN 978-2-37761-845-3

Média Diffusion
MDS Distribution

FSC
www.fsc.org
MIXTE
Papier issu de sources responsables
FSC™ C005748

Cet ouvrage est imprimé sur du papier certifié FSC™ issu de forêts gérées durablement et sur d'autres ressources contrôlées.

Imprimé en RPC en avril 2021.
Dépôt légal : septembre 2021.

Que dit un hibou à sa femme le jour de l'An ?

« Je te chouette une bonne année ! »

Jour de l'An
FÉRIÉ
St Basile

Samedi **1** Dimanche **2**
Janvier

SEMAINE 52

Janvier

Lundi	Mardi	Mercredi	Jeudi	Vendredi	Samedi	Dimanche
					1	2
3	4	5	6	7	8	9
10	11	12	13	14	15	16
17	18	19	20	21	22	23
24	25	26	27	28	29	30
31						

Deux amies blondes arrivent dans
une station de sports d'hiver.
Dans le hall de l'hôtel est affiché
le tableau d'enneigement des stations :
« Megève : 15 cm, molle.
L'Alpe d'Huez : 20 cm, souple.
Méribel : 30 cm, dure. »
L'une des deux filles s'approche du
réceptionniste et lui demande : « S'il vous
plaît, vous pourriez m'indiquer le numéro
de la chambre de M. Méribel ? »

Ste Geneviève
Fin des vacances scolaires

Lundi
3
Janvier

SEMAINE 1

Janvier

Lundi	Mardi	Mercredi	Jeudi	Vendredi	Samedi	Dimanche
					1	2
3	4	5	6	7	8	9
10	11	12	13	14	15	16
17	18	19	20	21	22	23
24	25	26	27	28	29	30
31						

Dans un asile, un fou se promène avec une laisse au bout de laquelle est accrochée une brosse à dents.

L'un des gardiens lui dit :

– Il est beau, votre chien.

Le fou le regarde bizarrement et lui dit :

– De quoi parlez-vous ? Ce n'est pas un chien mais une brosse à dents !

Le gardien, un peu confus, décide de s'en aller.

Le fou regarde alors sa brosse à dents et lui dit :

– On l'a bien eu, hein, Rex ?

Janvier

Lundi	Mardi	Mercredi	Jeudi	Vendredi	Samedi	Dimanche
					1	2
3	4	5	6	7	8	9
10	11	12	13	14	15	16
17	18	19	20	21	22	23
24	25	26	27	28	29	30
31						

C'EST L'HISTOIRE D'UN PINGOUIN QUI RESPIRE PAR LES FESSES. UN JOUR, IL S'ASSOIT ET IL MEURT.

St Édouard

Mercredi

5

Janvier

SEMAINE 1

Janvier

Lundi	Mardi	Mercredi	Jeudi	Vendredi	Samedi	Dimanche
					1	2
3	4	5	6	7	8	9
10	11	12	13	14	15	16
17	18	19	20	21	22	23
24	25	26	27	28	29	30
31						

Un Belge est condamné à mort.
Juste avant le moment fatidique,
le bourreau lui demande :
– Avez-vous quelque chose à dire ?
– Non, pas pour l'instant.

St Melaine
Épiphanie

Jeudi
6
Janvier

SEMAINE 1

Janvier

Lundi	Mardi	Mercredi	Jeudi	Vendredi	Samedi	Dimanche
					1	2
3	4	5	6	7	8	9
10	11	12	13	14	15	16
17	18	19	20	21	22	23
24	25	26	27	28	29	30
31						

Un homme téléphone au commissariat :
– Allô, police ? Je viens d'écraser un poulet. Que dois-je faire ?
– Eh bien, plumez-le et faites-le cuire au moins une heure à thermostat 6.
– Ah bon ! Et qu'est-ce que je fais de la moto ?

St Raymond

Vendredi
7
Janvier

Semaine 1

Janvier

Lundi	Mardi	Mercredi	Jeudi	Vendredi	Samedi	Dimanche
					1	2
3	4	5	6	7	8	9
10	11	12	13	14	15	16
17	18	19	20	21	22	23
24	25	26	27	28	29	30
31						

À la piscine, un nageur se fait enguirlander parce qu'il a fait pipi dans l'eau.

– Mais enfin, proteste-t-il, vous exagérez, je ne suis pas le seul à faire ça !

– Si, monsieur, du haut du plongeoir, vous êtes le seul !

St Lucien
Ste Alix

Samedi **8** Dimanche **9**

Janvier

SEMAINE 1

Janvier

Lundi	Mardi	Mercredi	Jeudi	Vendredi	Samedi	Dimanche
					1	2
3	4	5	6	7	8	9
10	11	12	13	14	15	16
17	18	19	20	21	22	23
24	25	26	27	28	29	30
31						

Un élève dit à sa maîtresse en lui rendant son carnet de notes : « Je ne voudrais pas vous tracasser, mais ce week-end, mon père m'a dit : "Si tu n'as pas de meilleures notes sur ton bulletin le mois prochain, il y a quelqu'un qui va se prendre un bon coup de pied quelque part..." »

St Guillaume

Lundi

10

Janvier

SEMAINE 2

....

....

....

Janvier

Lundi	Mardi	Mercredi	Jeudi	Vendredi	Samedi	Dimanche
					1	2
3	4	5	6	7	8	9
10	11	12	13	14	15	16
17	18	19	20	21	22	23
24	25	26	27	28	29	30
31						

Sur le bord du Nil, trois Belges aperçoivent un crocodile dans l'eau et se mettent à lui jeter des cailloux. Le crocodile, très en colère, s'approche de la rive, prêt à y monter. Deux hommes se sauvent et grimpent dans un arbre. Le troisième, impassible, ne bouge pas. Les autres l'appellent et lui disent de se sauver. Il leur répond : « Pas besoin, j'ai pas jeté de cailloux, moi ! »

St Paulin

Mardi

11

Janvier

Semaine 2

Janvier

Lundi	Mardi	Mercredi	Jeudi	Vendredi	Samedi	Dimanche
					1	2
3	4	5	6	7	8	9
10	11	12	13	14	15	16
17	18	19	20	21	22	23
24	25	26	27	28	29	30
31						

Dans un supermarché, deux hommes entrechoquent leurs Caddies. Agacé, l'un d'eux s'exclame :

– Hé ! Vous ne pouvez pas faire attention ?

– Excusez-moi, je ne vous avais pas vu. Je cherchais ma femme.

– Tiens ! Quelle coïncidence ! Moi aussi, je cherche ma femme. Elle est comment, la vôtre ?

– Elle est grande, brune, elle a les yeux d'un bleu très profond, de très longues jambes, une poitrine généreuse et des lèvres charnues. Elle porte un tailleur noir très moulant et un chemisier transparent. Et la vôtre, elle est comment ?

– Oh, laissez tomber ! Allons plutôt trouver la vôtre !

Ste Tatiana

Mercredi

12

Janvier

SEMAINE 2

Janvier

Lundi	Mardi	Mercredi	Jeudi	Vendredi	Samedi	Dimanche
					1	2
3	4	5	6	7	8	9
10	11	12	13	14	15	16
17	18	19	20	21	22	23
24	25	26	27	28	29	30
31						

Deux femmes discutent en buvant un thé. Par la fenêtre, l'une d'elles aperçoit son époux rentrant du travail, un bouquet de fleurs à la main. Elle dit à son amie :

– Et mince, voilà mon mari avec des fleurs, il va encore falloir que j'écarte les cuisses !

– Pourquoi ? T'as pas de vase ?

Ste Yvette

Jeudi

13

Janvier

Semaine 2

Janvier

Lundi	Mardi	Mercredi	Jeudi	Vendredi	Samedi	Dimanche
					1	2
3	4	5	6	7	8	9
10	11	12	13	14	15	16
17	18	19	20	21	22	23
24	25	26	27	28	29	30
31						

Un homme va aux toilettes dans un bar. Les premiers étant occupés, il entre dans les seconds. À peine s'assied-il sur la cuvette qu'il entend : « Salut ! Comment ça va ? » Surpris, mais bien élevé, il décide de répondre :

– Euh, ça va, merci.

– Qu'est-ce que tu fais de beau ?

– Ben, comme toi... Je fais caca.

À ce moment, il entend :

– Écoute, je te rappelle plus tard, il y a un con à côté qui répond à toutes mes questions !

Ste Nina

Vendredi

14

Janvier

SEMAINE 2

Janvier

Lundi	Mardi	Mercredi	Jeudi	Vendredi	Samedi	Dimanche
					1	2
3	4	5	6	7	8	9
10	11	12	13	14	15	16
17	18	19	20	21	22	23
24	25	26	27	28	29	30
31						

UNE FEMME DEMANDE
À SON MARI :
- TU PRÉFÈRES UNE FEMME
DRÔLE OU INTELLIGENTE ?
- AUCUNE DES DEUX, VOYONS, TU
SAIS BIEN QUE JE N'AIME
QUE TOI !

St Rémi
St Marcel

Samedi 15 Dimanche 16
Janvier

SEMAINE 2

Janvier

Lundi	Mardi	Mercredi	Jeudi	Vendredi	Samedi	Dimanche
					1	2
3	4	5	6	7	8	9
10	11	12	13	14	15	16
17	18	19	20	21	22	23
24	25	26	27	28	29	30
31						

Un homme trouve un pingouin dans la rue et l'emmène au commissariat.

– Qu'est-ce que je peux en faire ? demande-t-il à un policier.

– Emmenez-le au zoo, répond ce dernier. Nous n'avons pas le temps de nous en occuper ici.

Quelques jours plus tard, l'homme au pingouin revient.

– Mais je vous avais dit de l'emmener au zoo ! lui dit le policier.

– Oui, c'est ce que j'ai fait : il était très content. Aujourd'hui, je l'emmène au cinéma !

Ste Roseline

Lundi

17

Janvier

SEMAINE 3

Janvier

Lundi	Mardi	Mercredi	Jeudi	Vendredi	Samedi	Dimanche
					1	2
3	4	5	6	7	8	9
10	11	12	13	14	15	16
17	18	19	20	21	22	23
24	25	26	27	28	29	30
31						

Une nouvelle institutrice souhaite inculquer des notions de psychologie à ses élèves.
Elle s'adresse à la classe :
– Que celui qui a parfois l'impression d'être stupide se lève !
Après une bonne dizaine de secondes, un élève se lève, de mauvaise grâce. L'institutrice lui demande :
– Alors comme ça, il t'arrive de te sentir stupide ?
– Non, madame, mais ça me faisait de la peine de vous voir toute seule debout.

St Marius

Mercredi

19

Janvier

Semaine 3

Janvier

Lundi	Mardi	Mercredi	Jeudi	Vendredi	Samedi	Dimanche
					1	2
3	4	5	6	7	8	9
10	11	12	13	14	15	16
17	18	19	20	21	22	23
24	25	26	27	28	29	30
31						

Deux hommes discutent dans un parc.
Soudain, l'un d'eux dit :
– Tu vois les deux femmes assises
sur le banc, là-bas ? Eh bien, c'est très comique,
parce que ce sont ma femme et ma maîtresse !
– Tiens, moi, c'est exactement
l'inverse !

St Sébastien

Jeudi

20

Janvier

Semaine 3

Janvier

Lundi	Mardi	Mercredi	Jeudi	Vendredi	Samedi	Dimanche
					1	2
3	4	5	6	7	8	9
10	11	12	13	14	15	16
17	18	19	20	21	22	23
24	25	26	27	28	29	30
31						

Une dame se plaint à son boulanger :
– Je suis désolée de vous le dire, monsieur, mais votre pain est rassis !
– Un peu de respect, madame, je faisais du pain avant que vous ne soyez née !
– Justement, ce que je vous reproche, c'est de ne le vendre que maintenant !

Ste Agnès

Vendredi

21

Janvier

Semaine 3

Janvier

Lundi	Mardi	Mercredi	Jeudi	Vendredi	Samedi	Dimanche
					1	2
3	4	5	6	7	8	9
10	11	12	13	14	15	16
17	18	19	20	21	22	23
24	25	26	27	28	29	30
31						

Un homme dit à un ami :
– J'ai fait couper la queue de mon chien la semaine dernière, car ma belle-mère vient samedi.
– Ah oui ? Je ne vois pas le rapport.
– Eh bien, je ne veux surtout pas qu'elle pense que quelqu'un est content de la voir.

St Vincent
St Barnard

Samedi 22 Dimanche 23
Janvier

Janvier

Lundi	Mardi	Mercredi	Jeudi	Vendredi	Samedi	Dimanche
					1	2
3	4	5	6	7	8	9
10	11	12	13	14	15	16
17	18	19	20	21	22	23
24	25	26	27	28	29	30
31						

DEUX CANARDS MARCHENT SUR LA ROUTE.
– COIN, DIT L'UN.
– ÇA ALORS ! C'EST EXACTEMENT CE QUE J'ALLAIS DIRE !

St François de Sales

Lundi
24
Janvier

Janvier

Lundi	Mardi	Mercredi	Jeudi	Vendredi	Samedi	Dimanche
					1	2
3	4	5	6	7	8	9
10	11	12	13	14	15	16
17	18	19	20	21	22	23
24	25	26	27	28	29	30
31						

À La Poste, un monsieur dont la main est dans le plâtre s'approche d'une dame qui fait la queue au guichet.

– Pardon, madame, voudriez-vous bien m'écrire l'adresse sur cette carte postale ?

La dame s'exécute de bonne grâce, acceptant même d'ajouter quelques mots et de signer pour lui.

– Voilà ! dit-elle. Puis-je faire autre chose pour vous ?

– Oui, répond le monsieur, pourriez-vous ajouter en post-scriptum « Prière d'excuser l'écriture » ?

Conversion de saint Paul

Mardi

25

Janvier

SEMAINE 4

Janvier

Lundi	Mardi	Mercredi	Jeudi	Vendredi	Samedi	Dimanche
					1	2
3	4	5	6	7	8	9
10	11	12	13	14	15	16
17	18	19	20	21	22	23
24	25	26	27	28	29	30
31						

Un couple se présente dans une école de langues.
– Nous voudrions apprendre le vietnamien en méthode accélérée.
– Écoutez, dit le directeur, pour l'anglais ou l'espagnol, pas de problème. Mais le vietnamien, c'est une langue très difficile, surtout pour des Européens. Pourquoi voulez-vous l'apprendre en accéléré ?
– Parce qu'on vient d'adopter un petit Vietnamien d'un mois, dit le mari. Alors, dans quelques mois, quand il va commencer à parler, on voudrait comprendre ce qu'il dira...

Ste Paule

Mercredi
26
Janvier

SEMAINE 4

Janvier

Lundi	Mardi	Mercredi	Jeudi	Vendredi	Samedi	Dimanche
					1	2
3	4	5	6	7	8	9
10	11	12	13	14	15	16
17	18	19	20	21	22	23
24	25	26	27	28	29	30
31						

Un crocodile et un chien
se croisent. Le crocodile dit :
– Salut, sac à puces !
Le chien lui répond :
– Salut, sac à main !

Ste Angèle

Jeudi

27

Janvier

Semaine 4

Janvier

Lundi	Mardi	Mercredi	Jeudi	Vendredi	Samedi	Dimanche
					1	2
3	4	5	6	7	8	9
10	11	12	13	14	15	16
17	18	19	20	21	22	23
24	25	26	27	28	29	30
31						

Une mère dit à son fils :
– Tu es encore devant l'ordinateur !
– Ben oui, j'ai essayé derrière,
mais on voit beaucoup
moins bien !

St Thomas d'Aquin

Vendredi
28
Janvier

SEMAINE 4

Janvier

Lundi	Mardi	Mercredi	Jeudi	Vendredi	Samedi	Dimanche
					1	2
3	4	5	6	7	8	9
10	11	12	13	14	15	16
17	18	19	20	21	22	23
24	25	26	27	28	29	30
31						

Une blonde roule sur l'autoroute. Elle se fait arrêter par un policier, qui lui demande :

– Madame, pourquoi vous ne roulez qu'à 20 km/h ?

– Parce qu'il y a écrit « A20 » sur le panneau.

– Mais, madame, ça, c'est le numéro de la route.

– Ah bon !

Le policier regarde du côté passager de la voiture, et, en voyant la tête de la passagère, dit à la blonde :

– Mais dites donc, elle n'a pas l'air d'aller bien, votre copine !

– Ah, ça doit être parce qu'on vient de quitter l'A313.

St Gildas
Ste Martine

Samedi 29 Dimanche 30

Janvier

Janvier

Lundi	Mardi	Mercredi	Jeudi	Vendredi	Samedi	Dimanche
					1	2
3	4	5	6	7	8	9
10	11	12	13	14	15	16
17	18	19	20	21	22	23
24	25	26	27	28	29	30
31						

Un garde dit à un prisonnier :
– Félicitations, vous allez sortir de prison pour bonne conduite !
– Ah bon, mais je ne comprends pas...
– Pourquoi ça ?
– Je suis entré pour excès de vitesse et je sors pour bonne conduite ?

Ste Marcelle

Lundi

31

Janvier

Semaine 5

Janvier

Lundi	Mardi	Mercredi	Jeudi	Vendredi	Samedi	Dimanche
					1	2
3	4	5	6	7	8	9
10	11	12	13	14	15	16
17	18	19	20	21	22	23
24	25	26	27	28	29	30
31						

Un rabbin et un prêtre entrent en collision lors d'un accident de voiture. Aucun des deux hommes n'est blessé. Après être sorti de sa voiture, le rabbin dit au prêtre :

– Ah, vous êtes prêtre. Moi, je suis rabbin. Regardez nos voitures : il n'en reste rien, mais nous ne sommes pas blessés. Ce doit être un signe du Tout-Puissant. Dieu a dû vouloir que nous nous rencontrions, devenions amis et vivions en paix.

– Je suis entièrement d'accord avec vous !

– Regardez. C'est encore un miracle. Ma voiture est en morceaux, mais cette bouteille de vin d'Israël est intacte. Dieu veut certainement que nous buvions ce vin et célébrions notre bonne chance.

Il la tend au prêtre, qui en boit de grosses gorgées, avant de la rendre au rabbin, qui la rebouche.

– Vous n'en buvez pas ?

– Non... Je crois que je vais attendre la police.

Ste Ella
Nouvel An chinois
(année du Tigre)

Mardi

1

Février

Semaine 5

Février

Lundi	Mardi	Mercredi	Jeudi	Vendredi	Samedi	Dimanche
	1	2	3	4	5	6
7	8	9	10	11	12	13
14	15	16	17	18	19	20
21	22	23	24	25	26	27
28						

Sur une petite île perdue au milieu de l'océan, un homme barbu agite désespérément les bras en direction d'un bateau. Un passager demande au capitaine :

– Qui est-ce ?

– Aucune idée. On passe tous les ans devant son île et, à chaque fois, ça le rend fou !

St Théophane
Chandeleur

Mercredi

2

Février

Février

Lundi	Mardi	Mercredi	Jeudi	Vendredi	Samedi	Dimanche
	1	2	3	4	5	6
7	8	9	10	11	12	13
14	15	16	17	18	19	20
21	22	23	24	25	26	27
28						

Deux fous sont dans une voiture.
Le conducteur dit à l'autre :
– Les freins ne marchent plus !
– C'est pas grave !
– Mais nous sommes dans une pente !
– La voiture va s'arrêter. Regarde, il y a un stop en bas de la rue !

St Blaise

Jeudi
3
Février

SEMAINE 5

Février

Lundi	Mardi	Mercredi	Jeudi	Vendredi	Samedi	Dimanche
	1	2	3	4	5	6
7	8	9	10	11	12	13
14	15	16	17	18	19	20
21	22	23	24	25	26	27
28						

À la maternité, un jeune papa, inquiet, demande à la sage-femme :

– Trouvez-vous que mon fils me ressemble ?

– Oui, mais ce n'est pas grave. L'essentiel, c'est qu'il soit en bonne santé !

Ste Véronique

Vendredi

4

Février

Semaine 5

Février

Lundi	Mardi	Mercredi	Jeudi	Vendredi	Samedi	Dimanche
	1	2	3	4	5	6
7	8	9	10	11	12	13
14	15	16	17	18	19	20
21	22	23	24	25	26	27
28						

En rentrant chez lui,
un petit garçon dit à sa mère :
– Aujourd'hui, j'ai pris le bus
avec papa. Il m'a dit de laisser
ma place à une dame.
– C'est très bien, mon petit,
tu as fait une bonne action.
– Mais, maman, j'étais assis sur
les genoux de papa !

Ste Agathe
Début des vacances scolaires zone B
St Gaston

Samedi **5** Dimanche **6**

Février

Février

Lundi	Mardi	Mercredi	Jeudi	Vendredi	Samedi	Dimanche
	1	2	3	4	5	6
7	8	9	10	11	12	13
14	15	16	17	18	19	20
21	22	23	24	25	26	27
28						

Une blonde entre chez
son opticien et demande :
– Avez-vous des lunettes ?
– Pour le soleil ?
– Non, pour moi !

Ste Eugénie

Lundi

7

Février

SEMAINE 6

Février

Lundi	Mardi	Mercredi	Jeudi	Vendredi	Samedi	Dimanche
	1	2	3	4	5	6
7	8	9	10	11	12	13
14	15	16	17	18	19	20
21	22	23	24	25	26	27
28						

Un homme vient se plaindre au commissariat :
– Bonjour, je viens déposer une plainte.
– Oui, que s'est-il passé ?
– Un homme m'a volé mon permis de conduire.
– Pouvez-vous nous le décrire ?
– Oui, il était habillé exactement comme vous !

Ste Jacqueline

Mardi

8

Février

Semaine 6

Février

Lundi	Mardi	Mercredi	Jeudi	Vendredi	Samedi	Dimanche
	1	2	3	4	5	6
7	8	9	10	11	12	13
14	15	16	17	18	19	20
21	22	23	24	25	26	27
28						

Un étudiant issu d'une famille fortunée envoie un mail à son père : « Cher papa, Paris est merveilleuse et les gens sont gentils. Cependant, j'ai un peu honte d'aller à l'université avec ma Ferrari, alors que les professeurs et les autres élèves viennent en RER.

Ton fils qui t'aime. »

Le jour suivant, son père lui répond :

« Mon cher fils adoré, 20 millions d'euros viennent d'être transférés sur ton compte. Ne fais plus honte à tes parents et va vite t'acheter un RER.

Ton père qui pense à toi. »

Ste Apolline

Mercredi

9

Février

SEMAINE 6

Février

Lundi	Mardi	Mercredi	Jeudi	Vendredi	Samedi	Dimanche
	1	2	3	4	5	6
7	8	9	10	11	12	13
14	15	16	17	18	19	20
21	22	23	24	25	26	27
28						

Une maman escargot marche sous la pluie avec son petit. Soudain, elle aperçoit une limace qui avance dans leur direction et s'exclame : « Mon chéri, ferme les yeux, il y a un nudiste ! »

St Arnaud

Jeudi

10

Février

Février

Lundi	Mardi	Mercredi	Jeudi	Vendredi	Samedi	Dimanche
	1	2	3	4	5	6
7	8	9	10	11	12	13
14	15	16	17	18	19	20
21	22	23	24	25	26	27
28						

Au tribunal, un homme passe
en jugement pour avoir volé
des manteaux.
Au premier rang, une femme pleure.
Le président dit avec sévérité :
– Regardez dans quel état se trouve
votre pauvre maman ! Vous auriez pu
penser à elle !
– Je sais, mais il n'y avait
pas sa taille !

N.-D. de Lourdes

Vendredi

11

Février

SEMAINE 6

Février

Lundi	Mardi	Mercredi	Jeudi	Vendredi	Samedi	Dimanche
	1	2	3	4	5	6
7	8	9	10	11	12	13
14	15	16	17	18	19	20
21	22	23	24	25	26	27
28						

UNE DAME SE PROMÈNE
AVEC DEUX SAINT-BERNARD.
ELLE CROISE UN JEUNE HOMME
QUI LES REGARDE AVEC ENVIE.
ELLE LUI DEMANDE :
- TU VEUX CARESSER MES
SAINT-BERNARD ?
- OUI, MAIS MOI, C'EST
LÉONARD !

St Félix
Début des vacances scolaires zone A
Ste Béatrice

SEMAINE 6

Samedi **12** Dimanche **13**

Février

Février

Lundi	Mardi	Mercredi	Jeudi	Vendredi	Samedi	Dimanche
	1	2	3	4	5	6
7	8	9	10	11	12	13
14	15	16	17	18	19	20
21	22	23	24	25	26	27
28						

Un homme demande à sa femme ce qui lui ferait plaisir pour la Saint-Valentin.

– Qu'est-ce que tu dirais d'un manteau de fourrure ?

– Bof…

– Et si je te payais une nouvelle voiture ?

– Non, non…

– Que dirais-tu d'une résidence secondaire à la montagne ?

– Non, merci…

L'homme, dépité, lui demande :

– Bon, allez, dis-moi ce que tu veux directement, ça ira plus vite.

– En fait, je voudrais divorcer !

– Ah ! Je n'avais pas prévu de dépenser autant…

St Valentin
Fête des Amoureux

Lundi

14

Février

Semaine 7

Février

Lundi	Mardi	Mercredi	Jeudi	Vendredi	Samedi	Dimanche
	1	2	3	4	5	6
7	8	9	10	11	12	13
14	15	16	17	18	19	20
21	22	23	24	25	26	27
28						

Aux sports d'hiver, un couple retourne dans la même école de ski que l'année précédente.

– Bonjour, nous aimerions avoir le même moniteur de ski que l'an dernier.

– Bien sûr, comment s'appelait-il ?

– Ah… Nous ne nous en souvenons plus, mais il portait un pantalon bleu et une veste rouge.

– Ils portent tous la même combinaison, vous n'avez pas plus de détails sur son physique ?

– Ah si ! Il avait deux anus…

– Deux anus ?

– Oui, l'année dernière pendant nos cours, chaque fois que les autres moniteurs le croisaient, ils lui demandaient : « Alors, tu t'en sors avec tes deux trous du cul ? »

St Claude

Mardi

15

Février

SEMAINE 7

Février

Lundi	Mardi	Mercredi	Jeudi	Vendredi	Samedi	Dimanche
	1	2	3	4	5	6
7	8	9	10	11	12	13
14	15	16	17	18	19	20
21	22	23	24	25	26	27
28						

DEUX COCCINELLES FONT LEUR JOGGING. SOUDAIN, L'UNE D'ELLES S'ARRÊTE ET S'EXCLAME : « ATTENDS ! J'AI UN POINT DE CÔTÉ ! »

Ste Julienne

Mercredi

16

Février

SEMAINE 7

Février

Lundi	Mardi	Mercredi	Jeudi	Vendredi	Samedi	Dimanche
	1	2	3	4	5	6
7	8	9	10	11	12	13
14	15	16	17	18	19	20
21	22	23	24	25	26	27
28						

Un prêtre est seul dans son
église quand une belle femme apparaît et lui
fait des avances. Le prêtre, ne voulant pas être
soumis à la tentation, se tourne vers le crucifix et prie :
– Je ne peux pas être séduit par cette belle femme, je suis
un prêtre, j'ai fait vœu d'abstinence. Que dois-je faire, Jésus ?
À ce moment-là, Jésus commence à s'agiter sur son
crucifix et crie au prêtre :
– Mais détache-moi, vite, détache-moi !

St Alexis

Jeudi

17

Février

Février

Lundi	Mardi	Mercredi	Jeudi	Vendredi	Samedi	Dimanche
	1	2	3	4	5	6
7	8	9	10	11	12	13
14	15	16	17	18	19	20
21	22	23	24	25	26	27
28						

Dans un ministère, un patron va voir l'un de ses employés.

– Durand ! Ça fait trois fois que je vous surprends en train de dormir au bureau : si ça continue, je vais sévir !

– Mais ça n'est pas ma de faute, c'est à cause de vos chaussures, chef…

– Pardon ?

– Ben oui, avec vos nouvelles semelles de crêpe, on ne vous entend plus arriver !

Ste Bernadette

Vendredi

18

Février

....

....

....

Février

Lundi	Mardi	Mercredi	Jeudi	Vendredi	Samedi	Dimanche
	1	2	3	4	5	6
7	8	9	10	11	12	13
14	15	16	17	18	19	20
21	22	23	24	25	26	27
28						

UN POISSON PERCUTE UN AUTRE POISSON ET LUI DIT : « PARDON, J'AVAIS DE L'EAU DANS LES YEUX ! »

St Gabin
Début des vacances scolaires zone C
Ste Aimée

SEMAINE 7

Samedi **19** Dimanche **20**

Février

Février

Lundi	Mardi	Mercredi	Jeudi	Vendredi	Samedi	Dimanche
	1	2	3	4	5	6
7	8	9	10	11	12	13
14	15	16	17	18	19	20
21	22	23	24	25	26	27
28						

Une femme dit à son chauffeur :
– Monsieur, soyez prudent :
à chaque virage, j'ai peur de
tomber dans le ravin !
– Madame n'a qu'à faire
comme moi :
fermer les yeux !

St Pierre-Damien
Fin des vacances scolaires
zone B

SEMAINE 8

Lundi
21
Février

Février

Lundi	Mardi	Mercredi	Jeudi	Vendredi	Samedi	Dimanche
	1	2	3	4	5	6
7	8	9	10	11	12	13
14	15	16	17	18	19	20
21	22	23	24	25	26	27
28						

Pendant son cours de morale, une institutrice demande à un élève :

– Michel, si tu étais en train de faire la cour à une jeune fille pendant un dîner en tête à tête et que tu avais besoin d'aller aux toilettes, que dirais-tu ?

– Je dirais : « Attends-moi une seconde, je vais pisser un coup. »

– Ça serait grossier et malpoli de ta part. Jean, que dirais-tu ?

– Je dirais : « Je m'excuse, il faut que j'aille aux toilettes, mais je reviens tout de suite. »

– C'est déjà mieux, mais c'est malpoli de mentionner les toilettes pendant les repas. Et toi, Jacques, que dirais-tu ?

– Je dirais : « Ma chère, je vous prie de m'excuser, je dois m'absenter un moment, je m'en vais tendre la main à un ami intime, que j'espère vous présenter après le dîner. »

Ste Isabelle

Mardi

22

Février

Semaine 8

Février

Lundi	Mardi	Mercredi	Jeudi	Vendredi	Samedi	Dimanche
	1	2	3	4	5	6
7	8	9	10	11	12	13
14	15	16	17	18	19	20
21	22	23	24	25	26	27
28						

Un neurone arrive dans un cerveau masculin. Il se retrouve tout seul dans une grande boîte vide et noire. « Ohé ! » crie-t-il, mais personne ne lui répond. « Ohé ! » crie-t-il encore, mais il n'entend que l'écho de sa propre voix. Alors, désespéré, le petit neurone masculin s'installe dans un coin et se met à pleurer. Soudain, un autre petit neurone arrive, tout essoufflé, et crie au premier : « Eh ben ! Qu'est-ce que tu fous ? On est tous en bas ! »

St Lazare

Mercredi

23

Février

Semaine 8

Février

Lundi	Mardi	Mercredi	Jeudi	Vendredi	Samedi	Dimanche
	1	2	3	4	5	6
7	8	9	10	11	12	13
14	15	16	17	18	19	20
21	22	23	24	25	26	27
28						

À bord d'un Boeing 747, le pilote s'adresse à ses passagers : « Mesdames, messieurs, pour mon dernier vol, j'aimerais faire ce que je n'ai jamais pu faire en 30 ans de carrière : un looping avec ce Boeing 747. Pour cela, j'aimerais avoir votre accord. » Les passagers battent alors des mains et entonnent : « Le looping, le looping, le looping ! » Le commandant de bord, ému, se lance dans la manœuvre. Alors que l'avion entame son cercle, un homme sort des toilettes et s'exclame : « Dites donc, c'est pas bientôt fini vos conneries ? »

St Modeste

Jeudi

24

Février

SEMAINE 8

Février

Lundi	Mardi	Mercredi	Jeudi	Vendredi	Samedi	Dimanche
	1	2	3	4	5	6
7	8	9	10	11	12	13
14	15	16	17	18	19	20
21	22	23	24	25	26	27
28						

Un Corse montre à son fils toute la collection familiale de machines à fabriquer du saucisson d'âne. Il y a les machines du grand-père, de l'arrière-grand-père, des oncles et des grands-oncles, etc. On voit qu'elles se sont perfectionnées au fil du temps. Le fils demande :

– Il n'existe pas une machine ultra-moderne dans laquelle on mettrait du saucisson et d'où il sortirait un âne ?

– Bien sûr que si ! Ta mère !

St Roméo

Vendredi
25
Février

Février

Lundi	Mardi	Mercredi	Jeudi	Vendredi	Samedi	Dimanche
	1	2	3	4	5	6
7	8	9	10	11	12	13
14	15	16	17	18	19	20
21	22	23	24	25	26	27
28						

Au bal, une femme est invitée à danser par un inconnu. Soudain, un pet lui échappe. Gênée, elle s'adresse à son cavalier :

– Excusez-moi, ça m'a échappé. J'espère que cela restera entre nous.

– Moi, j'espère bien que ça va circuler !

St Nestor
Ste Honorine

Samedi 26 Dimanche 27

Février

Février

Lundi	Mardi	Mercredi	Jeudi	Vendredi	Samedi	Dimanche
	1	2	3	4	5	6
7	8	9	10	11	12	13
14	15	16	17	18	19	20
21	22	23	24	25	26	27
28						

Thierry et Nadine, fous, sont internés dans un asile. Un jour, Nadine longe la piscine, tombe dedans et coule. Thierry s'empresse de la secourir. Quand le directeur apprend cet acte héroïque, il décide de laisser Thierry sortir de l'hôpital pour avoir prouvé qu'il était mentalement stable. Il va lui annoncer la nouvelle :

– J'ai une bonne et une mauvaise nouvelle à t'apprendre. La bonne, c'est que tu vas sortir de l'hôpital, parce que tu as accompli un acte de bravoure en sauvant la vie d'une autre personne. La mauvaise, c'est que Nadine s'est pendue dans la buanderie avec la ceinture de sa robe de chambre.

– Mais, elle ne s'est pas pendue, c'est moi qui l'ai accrochée pour qu'elle sèche.

St Romain
Fin des vacances scolaires
zone A

Lundi
28
Février

Semaine 9

Février

Lundi	Mardi	Mercredi	Jeudi	Vendredi	Samedi	Dimanche
	1	2	3	4	5	6
7	8	9	10	11	12	13
14	15	16	17	18	19	20
21	22	23	24	25	26	27
28						

Un homme téléphone chez lui :

– Oui, qui est à l'appareil ?

– C'est monsieur !

– Bonjour, monsieur.

– Pourriez-vous me passer madame ?

– Ah, ce n'est pas possible. Madame est avec un monsieur.

– Ah bon ? Et que font-ils ?

– Eh bien, voulez-vous vraiment que je vous fasse un dessin ?

– Quoi ?! Prenez le fusil et tuez-les tous les deux.

– Bien, monsieur.

Deux détonations se font entendre, puis le domestique reprend le téléphone.

– C'est fait, monsieur. Que dois-je faire de l'arme ?

– Mettez-la dans la piscine pour le moment.

– La piscine, monsieur ? Quelle piscine ?

Sᵗ Aubin
Mardi gras

Mardi

1

Mars

Mars

Lundi	Mardi	Mercredi	Jeudi	Vendredi	Samedi	Dimanche
	1	2	3	4	5	6
7	8	9	10	11	12	13
14	15	16	17	18	19	20
21	22	23	24	25	26	27
28	29	30	31			

DEUX AMIS DISCUTENT :
- JE N'AIME PAS LES FEMMES QUI COUCHENT LE PREMIER SOIR.
- POURQUOI ?
- PARCE QU'IL FAUT ATTENDRE TOUT L'APRÈS-MIDI !

St Charles le Bon
Cendres

Mercredi
2
Mars

SEMAINE 9

Mars

Lundi	Mardi	Mercredi	Jeudi	Vendredi	Samedi	Dimanche
	1	2	3	4	5	6
7	8	9	10	11	12	13
14	15	16	17	18	19	20
21	22	23	24	25	26	27
28	29	30	31			

Une femme monte sur
la balance sous le regard amusé
de son mari. Elle s'exclame :
– Oh zut ! Je ne suis pas assez grande !
– Comment ça, tu n'es pas assez grande ?
– Ben oui, pour mon poids,
je devrais faire 20 cm
de plus !

St Guénolé

Jeudi
3
Mars

Mars

Lundi	Mardi	Mercredi	Jeudi	Vendredi	Samedi	Dimanche
	1	2	3	4	5	6
7	8	9	10	11	12	13
14	15	16	17	18	19	20
21	22	23	24	25	26	27
28	29	30	31			

Deux fous se baladent dans la cour de l'asile avec une casserole sur la tête.

– Que c'est lourd ! dit l'un.

– Oh oui, on devrait faire des casseroles en paille pour l'été ! répond l'autre.

St Casimir

Vendredi

4

Mars

Semaine 9

Mars

Lundi	Mardi	Mercredi	Jeudi	Vendredi	Samedi	Dimanche
	1	2	3	4	5	6
7	8	9	10	11	12	13
14	15	16	17	18	19	20
21	22	23	24	25	26	27
28	29	30	31			

À Dunkerque, une religieuse prend un taxi et constate que le chauffeur n'arrête pas de la regarder. Elle lui demande pourquoi et il répond :

– J'ai une question à vous poser, mais je ne voudrais pas vous offenser.

– Vous ne pouvez pas m'offenser. À mon âge, j'ai vu et entendu à peu près tout. Je suis certaine que rien de ce que vous pourriez me dire ne serait une offense.

– Eh bien, j'ai toujours eu le fantasme qu'une religieuse m'embrasse.

– Eh bien, nous allons voir ce que nous pouvons faire. Premièrement, vous devez être célibataire. Deuxièmement, vous devez être catholique.

– C'est le cas, je suis célibataire et je suis catholique !

– Très bien, alors arrêtez-vous.

La religieuse comble alors le fantasme du chauffeur, qui se met à pleurer.

– Mon cher enfant, pourquoi pleurez-vous ?

– Pardonnez-moi d'avoir péché. Je dois confesser que j'ai menti : je suis marié et je suis juif.

– Ne vous en faites pas. Moi, c'est Alain, et je vais au carnaval !

Ste Olive
Ste Colette
1er dimanche de carême
Fête des Grands-Mères

Samedi **5** Dimanche **6**

Mars

Mars

Lundi	Mardi	Mercredi	Jeudi	Vendredi	Samedi	Dimanche
	1	2	3	4	5	6
7	8	9	10	11	12	13
14	15	16	17	18	19	20
21	22	23	24	25	26	27
28	29	30	31			

Un homme rencontre l'un de ses amis traînant une énorme valise.
– Qu'est-ce que tu balades ? demande-t-il.
– Une grosse mite !
L'homme ouvre la valise et, effectivement, à l'intérieur
se trouve un énorme insecte.
– D'où sors-tu ça ? demande l'homme, curieux.
– J'ai trouvé un génie qui me l'a donnée.
– Tu me le présentes ?
Il emmène son ami chez lui, frotte une lampe en cuivre
d'où sort un génie. Celui-ci lui dit :
– Fais un vœu et je le réaliserai.
– Je veux un milliard ! s'écrie l'homme.
Le génie claque des doigts et tout à coup apparaît un billard.
– Il est con, ton génie, j'avais demandé un milliard, pas un billard !
– Et moi, tu crois vraiment que j'avais demandé
une grosse mite ?

Ste Félicité
Fin des vacances
scolaires zone C

Lundi

7

Mars

Semaine 10

Mars

Lundi	Mardi	Mercredi	Jeudi	Vendredi	Samedi	Dimanche
	1	2	3	4	5	6
7	8	9	10	11	12	13
14	15	16	17	18	19	20
21	22	23	24	25	26	27
28	29	30	31			

Un homme consulte son généraliste.

– Je suis terriblement gêné par des envies d'uriner nocturnes et impérieuses.

– C'est sans doute votre prostate, mon cher monsieur. Veuillez vous déshabiller.

– Est-ce vraiment indispensable ?

– Absolument.

– Le caleçon aussi ?

– Oui, je vais vous faire un toucher rectal.

– Mon Dieu ! Puisqu'il le faut...

– Détendez-vous. Je vous fais mal, là ?

– Écoutez, docteur, au point où en sont arrivées nos relations, je crois que nous pouvons nous tutoyer.

St Jean de Dieu
Journée internationale des droits des femmes

Mardi

8

Mars

Semaine 10

Mars

Lundi	Mardi	Mercredi	Jeudi	Vendredi	Samedi	Dimanche
	1	2	3	4	5	6
7	8	9	10	11	12	13
14	15	16	17	18	19	20
21	22	23	24	25	26	27
28	29	30	31			

Une girafe et une fourmi vont
se baigner dans un étang.
– Attends, je vais voir si l'eau
est bonne, dit la girafe.
Une fois dans l'eau, elle s'exclame :
– Tu peux y aller, j'ai pied !

Ste Françoise

Mercredi

9

Mars

Semaine 10

Mars

Lundi	Mardi	Mercredi	Jeudi	Vendredi	Samedi	Dimanche
	1	2	3	4	5	6
7	8	9	10	11	12	13
14	15	16	17	18	19	20
21	22	23	24	25	26	27
28	29	30	31			

Un employé de supermarché va voir son patron, paniqué.

– Chef, chef ! Il y a eu un vol cette nuit au supermarché ! On a volé 2 000 cartouches de cigarettes et 1 500 carottes.

– Bien, et vous avez des soupçons ?

– Ben oui, on recherche un lapin qui tousse.

St Vivien

Jeudi

10

Mars

Semaine 10

Mars

Lundi	Mardi	Mercredi	Jeudi	Vendredi	Samedi	Dimanche
	1	2	3	4	5	6
7	8	9	10	11	12	13
14	15	16	17	18	19	20
21	22	23	24	25	26	27
28	29	30	31			

Dans une brasserie, un homme commande un café.
Il le goûte et, scandalisé, appelle un serveur.
– Garçon, mon café est d'hier. C'est un scandale, appelez-moi le patron !
Le serveur s'exécute et le patron arrive.
– Votre café est d'hier ! s'exclame le client.
– Effectivement, monsieur, ce café est d'hier.
– Bien, vous le reconnaissez. Sur ce, j'exige un café d'aujourd'hui.
– Pour ça, il faudra revenir demain.

Ste Rosine

Vendredi
11
Mars

Semaine 10

Mars

Lundi	Mardi	Mercredi	Jeudi	Vendredi	Samedi	Dimanche
	1	2	3	4	5	6
7	8	9	10	11	12	13
14	15	16	17	18	19	20
21	22	23	24	25	26	27
28	29	30	31			

Un homme rentre chez lui plus tôt que prévu.
Il trouve sa femme, haletante, nue sur leur lit.
Furieux, il fonce vers la salle de bains
et se trouve nez à nez avec un homme,
qui essaye, tant bien que mal, de cacher
ses attributs avec une serviette.
Hors de lui, il s'écrie : « Espèce de gros
dégoûtant, c'est la serviette à mains ! »

Ste Justine
St Rodrigue

Samedi **12** Dimanche **13**

Mars

Mars

Lundi	Mardi	Mercredi	Jeudi	Vendredi	Samedi	Dimanche
	1	2	3	4	5	6
7	8	9	10	11	12	13
14	15	16	17	18	19	20
21	22	23	24	25	26	27
28	29	30	31			

Un policier arrête une voiture à l'entrée d'une autoroute, la fouille et trouve une valise remplie de billets.

– Qu'allez-vous faire de tout cet argent ? demande l'agent.

– Je vais payer mon permis de conduire ! dit le conducteur.

La passagère à côté de lui dit aussitôt :

– Ne l'écoutez pas ! Il dit n'importe quoi quand il est saoul !

Sur ce, le passager assis à l'arrière ajoute :

– Je vous avais dit qu'on aurait des ennuis avec une voiture volée !

Ste Mathilde

Lundi

14

Mars

Semaine 11

Mars

Lundi	Mardi	Mercredi	Jeudi	Vendredi	Samedi	Dimanche
	1	2	3	4	5	6
7	8	9	10	11	12	13
14	15	16	17	18	19	20
21	22	23	24	25	26	27
28	29	30	31			

Une jeune femme se confie à son amie :
– Je n'en peux plus. Mon mari ne pense qu'à sa mère et compare tout ce que je fais à ce qu'elle fait elle, en mieux, bien sûr ! Je cuisine une blanquette ? « Celle de maman est plus légère ! » J'achète une robe ? « Maman ne mettrait pas une couleur aussi criarde ! » Et maman ceci, et maman cela !
– Écoute, répond son amie, il y a un domaine où il ne peut pas faire de comparaisons, c'est le sexe. Alors tu vas acheter des sous-vêtements affriolants et, ce soir, quand ton mari rentrera du travail, tu l'attendras étendue sur votre canapé, vêtue de dessous très sexy. Là, tu verras, plus question de ta belle-mère !
La jeune femme écoute ces conseils et, le soir, quand son mari rentre, il la trouve allongée sur le canapé, vêtue d'une culotte et d'un soutien-gorge de dentelle noire, d'un porte-jarretelles noir et de bas noirs. Il s'écrie alors :
– Mon Dieu ! Il est arrivé quelque chose à maman ?

Ste Louise

Mardi

15

Mars

Mars

Lundi	Mardi	Mercredi	Jeudi	Vendredi	Samedi	Dimanche
	1	2	3	4	5	6
7	8	9	10	11	12	13
14	15	16	17	18	19	20
21	22	23	24	25	26	27
28	29	30	31			

Une femme rentre chez elle et dit
à son mari :
– Chéri, il y a un problème avec la voiture.
Elle ne démarre plus.
– Qu'est-ce qu'il se passe ?
– Je crois qu'il y a de l'eau dans le carburateur.
– Mais… Qu'est-ce que tu y connais ?
Comment pourrait-il y avoir de l'eau dans le
carburateur ? Et d'abord, où est la voiture ?
– Dans la piscine…

Ste Bénédicte

Mercredi
16
Mars

SEMAINE 11

Mars

Lundi	Mardi	Mercredi	Jeudi	Vendredi	Samedi	Dimanche
	1	2	3	4	5	6
7	8	9	10	11	12	13
14	15	16	17	18	19	20
21	22	23	24	25	26	27
28	29	30	31			

Une femme dit à son compagnon :
– J'ai une bonne et une mauvaise nouvelle pour toi.
– Je t'écoute.
– Je te quitte !
– Et la mauvaise nouvelle ?

St Patrick
Pourim

Jeudi
17
Mars

SEMAINE 11

Mars

Lundi	Mardi	Mercredi	Jeudi	Vendredi	Samedi	Dimanche
	1	2	3	4	5	6
7	8	9	10	11	12	13
14	15	16	17	18	19	20
21	22	23	24	25	26	27
28	29	30	31			

Un jeune parachutiste s'apprête à sauter d'un avion. Son adjudant l'arrête de justesse.

– Tu es fou ! Tu vas sauter sans parachute ?

– Qu'est-ce que ça peut faire ? C'est un exercice d'entraînement, non ?

St Cyrille

Vendredi

18

Mars

SEMAINE 11

Mars

Lundi	Mardi	Mercredi	Jeudi	Vendredi	Samedi	Dimanche
	1	2	3	4	5	6
7	8	9	10	11	12	13
14	15	16	17	18	19	20
21	22	23	24	25	26	27
28	29	30	31			

Un petit garçon demande à son père :
– C'est quoi, la politique ?
– Prenons notre famille, par exemple : moi, je vais au travail, je rapporte les sous, je suis le capitalisme ; ta mère, elle gère le foyer, s'occupe des dépenses, c'est le gouvernement ; la bonne, elle fait le ménage, c'est les masses populaires ; toi, tu es le peuple ; et ton petit frère, c'est l'avenir.
La nuit suivante, le petit frère réveille le garçon, car il a fait caca dans sa couche. Le garçon va chercher ses parents. Sa mère dort profondément, mais son père n'est pas au lit. Il le cherche donc et le trouve au lit avec la bonne. Il retourne se coucher sans rien dire.
Le lendemain, le père demande au garçon :
– Tu as bien compris ma leçon sur la politique ?
– Absolument ! Pendant que le capitalisme baise les masses populaires, le peuple manifeste auprès du gouvernement, mais celui-ci s'en fout et préfère laisser l'avenir dans la merde.

Ste Clémence

Lundi
21
Mars

Mars

Lundi	Mardi	Mercredi	Jeudi	Vendredi	Samedi	Dimanche
	1	2	3	4	5	6
7	8	9	10	11	12	13
14	15	16	17	18	19	20
21	22	23	24	25	26	27
28	29	30	31			

Un homme va chez
le psychiatre et lui explique :
– Docteur, je suis amoureux de mon cheval... Je le désire sexuellement !
– Hum, je vois. Et votre cheval, c'est un mâle ou une femelle ?
– Une femelle, bien sûr !
Vous me prenez pour un pervers ou quoi !?

Ste Léa
Journée mondiale de l'eau

Mardi
22
Mars

Mars

Lundi	Mardi	Mercredi	Jeudi	Vendredi	Samedi	Dimanche
	1	2	3	4	5	6
7	8	9	10	11	12	13
14	15	16	17	18	19	20
21	22	23	24	25	26	27
28	29	30	31			

Une blonde va voir
son médecin et lui dit :
– Quand je mange des huîtres,
je ne les digère pas.
Le médecin lui demande si elles sont
vivantes lors de l'ouverture de leur coquille.
La blonde, étonnée, répond :
– Ah ? Parce qu'il faut
les ouvrir ?

Sᵗ Victorien

Mercredi

23

Mars

SEMAINE 12

Mars

Lundi	Mardi	Mercredi	Jeudi	Vendredi	Samedi	Dimanche
	1	2	3	4	5	6
7	8	9	10	11	12	13
14	15	16	17	18	19	20
21	22	23	24	25	26	27
28	29	30	31			

Deux hommes prennent une douche après le sport.
Le premier dit au second :
– Dis donc, t'as vu ? T'as un bouchon dans le cul !
– Oui, oui, je sais... Ça date d'avant-hier, je me suis engueulé avec ma femme et je suis sorti pour me calmer. En marchant, j'ai shooté dans une vieille lampe à huile toute rouillée. Un drôle de type en est sorti et s'est mis à gueuler : « Bonjour, je suis Léon le génie. Comme tu m'as libéré, je t'accorde trois voeux. »
– Et alors ?
– Alors j'ai répondu : « Me fais pas chier ! »

Ste Catherine de Suède

Jeudi
24
Mars

Mars

Lundi	Mardi	Mercredi	Jeudi	Vendredi	Samedi	Dimanche
	1	2	3	4	5	6
7	8	9	10	11	12	13
14	15	16	17	18	19	20
21	22	23	24	25	26	27
28	29	30	31			

Un couple de Belges visite une maison qu'ils veulent acheter. Pendant la visite, ils entendent le bruit tonitruant d'un train qui passe. L'agent immobilier, un peu embarrassé, leur dit :

– On entend ça les trois premiers jours, puis après on n'y fait plus attention, ne vous inquiétez pas.

– Oh, dans ce cas-là, on passera les trois premiers jours à l'hôtel.

St Humbert
Annonciation

Vendredi

25

Mars

Semaine 12

Mars

Lundi	Mardi	Mercredi	Jeudi	Vendredi	Samedi	Dimanche
	1	2	3	4	5	6
7	8	9	10	11	12	13
14	15	16	17	18	19	20
21	22	23	24	25	26	27
28	29	30	31			

Dans un magasin de jouets, un enfant dit à un vendeur :

– Je voudrais cet avion, s'il vous plaît, en lui tendant un billet de Monopoly.

– Mais ton billet, il n'est pas vrai !

– Bah oui, comme votre avion.

Ste Larissa
St Habib
Passage à l'heure d'été (+ 1 h)

Semaine 12

Samedi **26** Dimanche **27**

Mars

Mars

Lundi	Mardi	Mercredi	Jeudi	Vendredi	Samedi	Dimanche
	1	2	3	4	5	6
7	8	9	10	11	12	13
14	15	16	17	18	19	20
21	22	23	24	25	26	27
28	29	30	31			

UNE FEMME ENTRE DANS
SA SALLE DE BAINS ET VOIT
SON MARI TOUT NU, EN TRAIN
DE SE PESER EN RENTRANT SON VENTRE.
– TU SAIS, RENTRER LE VENTRE,
ÇA NE FERA PAS BAISSER TON POIDS !
– JE SAIS BIEN, MAIS AU MOINS,
ÇA ME PERMET
DE LE LIRE !

St Gontran

Lundi
28
Mars

Mars

Lundi	Mardi	Mercredi	Jeudi	Vendredi	Samedi	Dimanche
	1	2	3	4	5	6
7	8	9	10	11	12	13
14	15	16	17	18	19	20
21	22	23	24	25	26	27
28	29	30	31			

DANS LA RUE, UN HOMME
DEMANDE À UNE DAME :
– VOUS N'AURIEZ PAS
VU UN POLICIER ?
– NON.
– ALORS DONNEZ-MOI
VOTRE SAC
À MAIN !

Ste Gladys

Mardi
29
Mars

Semaine 13

Mars

Lundi	Mardi	Mercredi	Jeudi	Vendredi	Samedi	Dimanche
	1	2	3	4	5	6
7	8	9	10	11	12	13
14	15	16	17	18	19	20
21	22	23	24	25	26	27
28	29	30	31			

Dans une cour d'assises, un homme comparaît pour un double meurtre.
– Monsieur, vous êtes accusé d'avoir tué votre épouse à coups de marteau.
Une voix se fait entendre dans le public : « Ah ! Le fumier ! »
– Vous êtes aussi accusé d'avoir tué votre belle-mère à coups de marteau.
La même voix se fait entendre : « Ah ! L'ordure ! »
Le juge s'interrompt et s'adresse à la personne qui exprime son dégoût :
– Monsieur, je peux comprendre que les actes commis vous répugnent, mais je vous demande de respecter ce tribunal. À l'avenir, merci de refréner vos émotions.
L'homme se lève et s'adresse au juge :
– Monsieur le juge, j'ai été le voisin de l'accusé pendant 15 ans, et à chaque fois que je suis allé le voir pour lui emprunter un marteau, il me répondait qu'il n'en avait pas !

St Amédée

Mercredi

30

Mars

Semaine 13

Mars

Lundi	Mardi	Mercredi	Jeudi	Vendredi	Samedi	Dimanche
	1	2	3	4	5	6
7	8	9	10	11	12	13
14	15	16	17	18	19	20
21	22	23	24	25	26	27
28	29	30	31			

Deux vieux amis discutent.
L'un d'eux est un coureur de jupons notoire, l'autre est beaucoup plus timide. Ce dernier s'est marié il y a peu de temps. Pensif, il se confie à son ami :

– Tu sais, moi, je n'avais jamais fait l'amour avec ma femme avant notre mariage... Et toi ?

– J'en sais rien ! Elle s'appelle comment, ta femme ?

St Benjamin

Jeudi
31
Mars

Mars

Lundi	Mardi	Mercredi	Jeudi	Vendredi	Samedi	Dimanche
	1	2	3	4	5	6
7	8	9	10	11	12	13
14	15	16	17	18	19	20
21	22	23	24	25	26	27
28	29	30	31			

Un jour, les parents d'une petite non-voyante de naissance lui disent :

– Nous avons trouvé le remède miracle ! C'est une pommade que tu dois t'appliquer sur les yeux avant de dormir, et demain matin, tu verras le monde.

Le lendemain matin, la petite se lève en larmes. Elle est toujours aveugle. Ses parents lui disent en chœur :

– Poisson d'avril !

St Hugues

Vendredi

1

Avril

Avril

Lundi	Mardi	Mercredi	Jeudi	Vendredi	Samedi	Dimanche
				1	2	3
4	5	6	7	8	9	10
11	12	13	14	15	16	17
18	19	20	21	22	23	24
25	26	27	28	29	30	

Une femme demande à son mari :
– Chéri, qu'est-ce que tu m'offres pour mon anniversaire ?
– Tu vois la Ferrari rouge, là-bas ?
La femme, toute excitée, répond :
– Oui ! Pourquoi ?
– Eh bien, je t'ai acheté un pull de la même couleur.

Ste Sandrine
Début du Ramadan
St Richard

Samedi **2** Dimanche **3**

Avril

SEMAINE 13

Avril

Lundi	Mardi	Mercredi	Jeudi	Vendredi	Samedi	Dimanche
				1	2	3
4	5	6	7	8	9	10
11	12	13	14	15	16	17
18	19	20	21	22	23	24
25	26	27	28	29	30	

Deux femmes se promènent dans un cimetière et ont soudainement envie de faire pipi. Elles décident d'aller se soulager derrière une tombe. N'ayant rien pour s'essuyer, l'une prend sa culotte, s'essuie et la jette. L'autre prend le ruban d'une couronne florale, s'essuie et le jette. Le lendemain, les maris des deux femmes se rencontrent.

– Je ne sais pas quoi penser, dit le premier, mais hier, ma femme est rentrée sans culotte.

– Moi, c'est encore pire ! s'exclame le deuxième. Entre les fesses de la mienne, j'ai trouvé une carte qui disait : « De la part de tous les gars de la caserne de Melun, nous ne t'oublierons jamais. »

St Isidore

Lundi

4

Avril

Avril

Lundi	Mardi	Mercredi	Jeudi	Vendredi	Samedi	Dimanche
				1	2	3
4	5	6	7	8	9	10
11	12	13	14	15	16	17
18	19	20	21	22	23	24
25	26	27	28	29	30	

Un citron et une vache
braquent une banque.
Le citron dit :
– Plus un zeste !
La vache se retourne vers
les otages et ajoute :
– Que personne ne bouse !

Ste Irène

Mardi
5
Avril

Semaine 14

Avril

Lundi	Mardi	Mercredi	Jeudi	Vendredi	Samedi	Dimanche
				1	2	3
4	5	6	7	8	9	10
11	12	13	14	15	16	17
18	19	20	21	22	23	24
25	26	27	28	29	30	

DEUX GRAINS DE SABLE ARRIVENT À LA PLAGE : « LA VACHE, C'EST BLINDÉ AUJOURD'HUI ! »

St Marcellin

Mercredi

6

Avril

SEMAINE 14

Avril

Lundi	Mardi	Mercredi	Jeudi	Vendredi	Samedi	Dimanche
				1	2	3
4	5	6	7	8	9	10
11	12	13	14	15	16	17
18	19	20	21	22	23	24
25	26	27	28	29	30	

Un canard entre dans un bar. Il demande au barman :

– As-tu du lait ?

– Non, répond le barman.

Le lendemain, le canard revient :

– As-tu du lait ?

– Non, répond encore le barman.

Le troisième jour, le canard demande encore :

– As-tu du lait ?

– Non, s'impatiente le barman. Si tu reviens me demander du lait, je te cloue le bec avec un marteau.

Le lendemain, le canard est de retour.

– As-tu des clous ?

– Non, dit le barman.

– As-tu un marteau ?

– Non.

– Je peux avoir du lait ?

St Jean-Baptiste de La Salle

Jeudi

7

Avril

Avril

Lundi	Mardi	Mercredi	Jeudi	Vendredi	Samedi	Dimanche
				1	2	3
4	5	6	7	8	9	10
11	12	13	14	15	16	17
18	19	20	21	22	23	24
25	26	27	28	29	30	

Un chameau et un éléphant se rencontrent pour la première fois. L'éléphant, étonné devant pareil animal, demande :

– Pourquoi tu as des seins sur le dos ?

– C'est culotté, comme question, de la part de quelqu'un qui a une bite au milieu de la figure !

Ste Julie

Vendredi

8

Avril

Avril

Lundi	Mardi	Mercredi	Jeudi	Vendredi	Samedi	Dimanche
				1	2	3
4	5	6	7	8	9	10
11	12	13	14	15	16	17
18	19	20	21	22	23	24
25	26	27	28	29	30	

DEUX AMIS FONT UN SAFARI AU KENYA. ILS S'APPROCHENT D'UN MARAIS ET VOIENT UN HOMME DONT LA TÊTE DÉPASSE DE LA BOUCHE D'UN CROCODILE. L'UN D'EUX S'ÉCRIE : « T'AS VU COMMENT IL SE LA PÈTE AVEC SON SAC DE COUCHAGE LACOSTE ! »

St Gautier
Début des vacances scolaires zone B
St Fulbert
Rameaux

Samedi 9 Dimanche 10
Avril

Semaine 14

Avril

Lundi	Mardi	Mercredi	Jeudi	Vendredi	Samedi	Dimanche
				1	2	3
4	5	6	7	8	9	10
11	12	13	14	15	16	17
18	19	20	21	22	23	24
25	26	27	28	29	30	

UN JOUR, LA MAÎTRESSE
DEMANDE À TOTO :
- SI TU MARCHES SUR LE PIED
D'UNE DAME ÂGÉE, QUE FAIS-TU ?
- JE M'EXCUSE...
- TRÈS BIEN, TOTO ! ET SI, POUR
TE REMERCIER DE TA GENTILLESSE, LA
DAME ÂGÉE TE DONNE UN BILLET DE
CINQ EUROS, QUE FAIS-TU ?
- BAH... JE LUI MARCHE
SUR L'AUTRE PIED !

St Stanislas

Lundi

11

Avril

Avril

Lundi	Mardi	Mercredi	Jeudi	Vendredi	Samedi	Dimanche
				1	2	3
4	5	6	7	8	9	10
11	12	13	14	15	16	17
18	19	20	21	22	23	24
25	26	27	28	29	30	

Un abbé se promène dans la savane quand, soudain, il aperçoit un lion qui s'apprête à se jeter sur lui. Il prie très fort et demande au Seigneur :

– Seigneur, faites que ce lion soit animé de pensées chrétiennes.

Le lion s'arrête alors, se dresse sur ses pattes arrière, joint ses pattes avant et prie :

– Seigneur, bénissez ce repas que vous m'accordez. Amen.

St Jules

Mardi

12

Avril

Avril

Lundi	Mardi	Mercredi	Jeudi	Vendredi	Samedi	Dimanche
				1	2	3
4	5	6	7	8	9	10
11	12	13	14	15	16	17
18	19	20	21	22	23	24
25	26	27	28	29	30	

Un couple de paysans participe à la remise de prix d'un concours de taureaux.

– Le troisième prix va au taureau Garagisse, 2 ans, trois saillies par jour !

La femme dit à son mari :

– Tu entends ? Trois fois par jour ! Tu devrais en prendre de la graine !

– Le deuxième prix va au taureau Romulus, 5 ans, six saillies par jour ! poursuit l'animateur.

– Tu entends ? Tu entends ? dit la femme, excitée.

– Et le premier prix va au taureau Tango, 6 ans et demi, neuf saillies par jour ! continue l'animateur.

– Tu entends ? Tu entends ? Tu entends ? dit la femme, de plus en plus excitée.

Le mari s'adresse alors au présentateur :

– Les neuf fois par jour, c'est avec la même vache ?

– Euh... non.

Alors il dit à sa femme :

– Tu entends ?

Ste Ida

Mercredi

13

Avril

Avril

Lundi	Mardi	Mercredi	Jeudi	Vendredi	Samedi	Dimanche
				1	2	3
4	5	6	7	8	9	10
11	12	13	14	15	16	17
18	19	20	21	22	23	24
25	26	27	28	29	30	

Deux chiens de cirque discutent :
– Comment trouves-tu ton boulot ?
– Très bien, j'ai même réussi
à dompter le dresseur !
– Ah bon ?
– Oui, à chaque fois que je saute,
il me donne une friandise !

St Maxime

Jeudi

14

Avril

SEMAINE 15

Avril

Lundi	Mardi	Mercredi	Jeudi	Vendredi	Samedi	Dimanche
				1	2	3
4	5	6	7	8	9	10
11	12	13	14	15	16	17
18	19	20	21	22	23	24
25	26	27	28	29	30	

Un Anglais, un Américain et un Belge sont dans un bar à Paris.

– C'est un bar bien sympa, ici, mais à Londres, j'en connais un bien mieux qui s'appelle *Chez Andrews* : tu paies ta première bière, tu paies ta deuxième bière et Andrews te paie la troisième ! dit l'Anglais.

– Moi, j'en connais un encore mieux à New York qui s'appelle *Chez John*. Tu paies ta première bière et John te paie la deuxième, tu paies la troisième et John te paie la quatrième ! répond l'Américain.

– Chez nous, il y a un bar qui s'appelle *Chez Vandervelde*. Vous ne me croirez pas, mais tu peux t'y faire payer ta première bière, ta deuxième, ta troisième, ta quatrième, et ensuite, tu montes dans une chambre et tu baises ! dit alors le Belge.

– Incroyable ! disent les deux autres. Et ça t'est arrivé, à toi ?

– Non, pas à moi, à ma sœur.

St Paterne
Vendredi saint

Vendredi
15
Avril

Avril

Lundi	Mardi	Mercredi	Jeudi	Vendredi	Samedi	Dimanche
				1	2	3
4	5	6	7	8	9	10
11	12	13	14	15	16	17
18	19	20	21	22	23	24
25	26	27	28	29	30	

Un homme élégant sort d'un supermarché avec un Caddie débordant de nourriture. En s'approchant de sa voiture, il aperçoit un homme qui ramasse les brins d'herbe poussés à travers le béton du parking.

– Excusez-moi, monsieur, mais que faites-vous ?

– Je ramasse de l'herbe pour le déjeuner, on n'a plus rien à manger à la maison !

– Ah ! Si je peux me permettre, voici ma carte : venez plutôt manger à la maison !

– C'est gentil, monsieur, mais j'ai une femme et huit enfants...

– Mais c'est évident, venez avec votre famille !

– Oh, alors ça, c'est vraiment gentil ! Mais les grands sont déjà mariés, et ils ont des petits, eux aussi...

– Allons, mon ami, je vous en prie, venez tous chez moi ! L'herbe est très haute : si vous êtes nombreux, en trois heures, ce sera terminé !

S

St Benoît-Joseph
Pessa'h / Début des vacances scolaires zone A

St Anicet
Pâques
FÉRIÉ

SEMAINE 15

Samedi **16** Dimanche **17**

Avril

Avril

Lundi	Mardi	Mercredi	Jeudi	Vendredi	Samedi	Dimanche
				1	2	3
4	5	6	7	8	9	10
11	12	13	14	15	16	17
18	19	20	21	22	23	24
25	26	27	28	29	30	

MARIE EST CONVOQUÉE PAR
LE DIRECTEUR DE L'ÉCOLE DU PETIT JÉSUS.
LE DIRECTEUR LUI DIT :
- MADAME, ÇA NE PEUT PLUS CONTINUER COMME ÇA ! VOTRE ENFANT FAIT N'IMPORTE QUOI ! À LA PISCINE, IL MARCHE SUR L'EAU, À LA CANTINE, IL MULTIPLIE LES PAINS. IL FAUT QU'IL ARRÊTE !
MARIE SE RETOURNE VERS LE PETIT JÉSUS ET LUI DIT :
- SI TU CONTINUES COMME ÇA, TU PEUX FAIRE UNE CROIX SUR TES VACANCES DE PÂQUES !

St Parfait
Lundi de Pâques
FÉRIÉ

Lundi
18
Avril

SEMAINE 16

Avril

Lundi	Mardi	Mercredi	Jeudi	Vendredi	Samedi	Dimanche
				1	2	3
4	5	6	7	8	9	10
11	12	13	14	15	16	17
18	19	20	21	22	23	24
25	26	27	28	29	30	

Deux hommes discutent dans un bar.
– J'en ai marre de mon boulot.
– Ah bon, et qu'est-ce que tu fais ?
– Je suis livreur de pizzas. Toute la journée, je les vois, je les sens, et je ne peux même pas les bouffer !
– Je te comprends ! Moi, c'est pareil !
– Ah, tu es aussi livreur de pizzas ?
– Non, je suis gynécologue.

Ste Emma

Mardi

19

Avril

Semaine 16

Avril

Lundi	Mardi	Mercredi	Jeudi	Vendredi	Samedi	Dimanche
				1	2	3
4	5	6	7	8	9	10
11	12	13	14	15	16	17
18	19	20	21	22	23	24
25	26	27	28	29	30	

Un Arabe va voir un marchand juif. Il lui demande :

– T'as pas des soutiens-gorge à vendre ?

– Si ! Combien tu en veux ?

– Tout ton stock !

Et il repart avec 500 soutiens-gorge. La semaine d'après, l'Arabe retourne voir le marchand juif et lui demande :

– Tu as des nouveaux soutiens-gorge ?

– Oui, tu en veux combien ?

– Tout ton stock, comme la dernière fois !

– Mais qu'est-ce que tu fais avec tous ces soutifs ?

– J'ai trouvé des cons qui les coupent en deux et qui se les mettent sur la tête.

Ste Odette

Mercredi

20

Avril

Avril

Lundi	Mardi	Mercredi	Jeudi	Vendredi	Samedi	Dimanche
				1	2	3
4	5	6	7	8	9	10
11	12	13	14	15	16	17
18	19	20	21	22	23	24
25	26	27	28	29	30	

Deux juifs sont au bord de la mer. Allongés sur la plage, ils bronzent.

– Samuel ?

– Oui, David ?

– La mer monte.

– Alors achète !

St Anselme

Jeudi

21

Avril

Avril

Lundi	Mardi	Mercredi	Jeudi	Vendredi	Samedi	Dimanche
				1	2	3
4	5	6	7	8	9	10
11	12	13	14	15	16	17
18	19	20	21	22	23	24
25	26	27	28	29	30	

Un perroquet est proposé lors d'une vente aux enchères. Les prix n'arrêtent pas de grimper. Après avoir dépensé une somme colossale, l'acheteur s'exclame :

– J'espère que le perroquet parle, pour ce prix !

Et le perroquet répond :

– À ton avis, qui a fait monter les enchères ?

St Alexandre

Vendredi

22

Avril

Semaine 16

Avril

Lundi	Mardi	Mercredi	Jeudi	Vendredi	Samedi	Dimanche
				1	2	3
4	5	6	7	8	9	10
11	12	13	14	15	16	17
18	19	20	21	22	23	24
25	26	27	28	29	30	

Un curé est pris jusqu'aux genoux dans des sables mouvants, quand un camion de pompiers passe.

– Vous avez besoin d'aide ?

– Merci, mais ce n'est pas la peine, le Seigneur me viendra en aide !

Alors que le sable lui arrive à la ceinture, le camion repasse.

– Vous êtes sûr que vous n'avez pas besoin d'aide ?

– Merci, mais ce n'est pas la peine, le Seigneur me viendra en aide !

Lorsque le curé n'a plus que la tête hors du sable, les pompiers passent une dernière fois :

– Vous n'avez toujours pas besoin d'aide ?

– Merci, mais ce n'est pas la peine, le Seigneur me viendra en aide !

Puis le curé s'enfonce complètement. Arrivé au paradis, il dit au Seigneur :

– Je suis déçu, je pensais que vous alliez me venir en aide !

– Je t'ai envoyé trois fois les pompiers, je ne vois pas ce que je pouvais faire de plus !

St Georges
Début des vacances scolaires zone C

St Fidèle
Journée nationale du souvenir de la Déportation

SEMAINE 16

Samedi **23** Dimanche **24**

Avril

Avril

Lundi	Mardi	Mercredi	Jeudi	Vendredi	Samedi	Dimanche
				1	2	3
4	5	6	7	8	9	10
11	12	13	14	15	16	17
18	19	20	21	22	23	24
25	26	27	28	29	30	

Deux vaches discutent :
– Je ne sais pas pourquoi, mais je me sens mal, aujourd'hui.
– J'ai un conseil, arrête l'herbe.

St Marc
Fin des vacances scolaires zone B

Lundi
25
Avril

Semaine 17

Avril

Lundi	Mardi	Mercredi	Jeudi	Vendredi	Samedi	Dimanche
				1	2	3
4	5	6	7	8	9	10
11	12	13	14	15	16	17
18	19	20	21	22	23	24
25	26	27	28	29	30	

Une petite fille va à la boulangerie pour commander un gâteau d'anniversaire pour sa petite sœur.

– Bonvour, madame, ve foudrais un gâteau d'annifersaire, f'il vous plaît.

– Ah oui, qui fête son anniversaire ?

– Ma petite fœur !

– Ah, et il faut mettre un nom sur le gâteau ?

– Oui, « Pétale » !

– Oh, c'est joli comme nom ! Qui a eu cette idée ?

– Ben fé parce que juste après fa naissance, ma petite fœur était sous un arbre dans fon berfeau et un pétale est tombé dedans, alors on l'a appelée Pétale !

– Ah, et toi, c'est quoi ton nom ?

– Poutrelle !

Ste Alida

Mardi

26

Avril

Semaine 17

Avril

Lundi	Mardi	Mercredi	Jeudi	Vendredi	Samedi	Dimanche
				1	2	3
4	5	6	7	8	9	10
11	12	13	14	15	16	17
18	19	20	21	22	23	24
25	26	27	28	29	30	

Un homme rentre du travail avec un robot détecteur de mensonges. Son fils de 11 ans rentre en retard de l'école.

– Où étais-tu ?

– J'étais chez un copain pour préparer un devoir !

Le robot va vers le fils et lui donne une claque.

– Mon fils, ce robot est un détecteur de mensonges. Tu ferais mieux de dire la vérité.

– Bon d'accord… J'étais chez un ami et on a regardé *Les 101 Dalmatiens.*

Le robot donne de nouveau une claque au fils.

– Aïe ! Bon, en fait, c'était un film porno…

– J'ai honte de toi ! À ton âge, je ne mentais jamais à mes parents et je ne regardais pas de films porno !

Le robot donne une baffe au père. La mère, amusée, s'exclame :

– Décidément, c'est bien ton fils !

Le robot donne une baffe à la mère.

Ste Zita

Mercredi

27

Avril

Avril

Lundi	Mardi	Mercredi	Jeudi	Vendredi	Samedi	Dimanche
				1	2	3
4	5	6	7	8	9	10
11	12	13	14	15	16	17
18	19	20	21	22	23	24
25	26	27	28	29	30	

Deux vieilles dames discutent sur un banc.
– Il fait chaud, dit l'une. Je vais aller me chercher une glace vanille-chocolat. Tu en veux une aussi ?
– Oui, mais pistache-framboise pour moi, s'il te plaît. Tu devrais l'écrire, parce que je suis sûre que tu ne vas pas t'en souvenir.
– Mais si, mais si. Je ne suis pas encore gâteuse à ce point !
Dix minutes plus tard, la vieille dame revient avec deux gaufres. Son amie lui dit :
– Tu vois, je t'avais dit de l'écrire. Tu as oublié la moutarde !

Ste Valérie

Jeudi

28

Avril

Avril

Lundi	Mardi	Mercredi	Jeudi	Vendredi	Samedi	Dimanche
				1	2	3
4	5	6	7	8	9	10
11	12	13	14	15	16	17
18	19	20	21	22	23	24
25	26	27	28	29	30	

À l'hôpital, une belle jeune femme attend dans le couloir sur une civière avant d'être conduite au bloc opératoire pour subir une petite intervention. Un homme en blouse blanche s'approche, relève le drap qui la recouvre et examine son corps nu. Il rabat le drap, s'éloigne vers d'autres hommes en blouse blanche et discute avec eux. L'un d'eux s'approche à son tour de la femme, relève le drap, l'examine, puis repart. Quand le troisième homme en blouse blanche approche, lève le drap et la scrute, la jeune femme s'impatiente :

– C'est bien beau toutes ces auscultations, mais quand allez-vous m'opérer ?

– Aucune idée, nous, on repeint le couloir !

Ste Catherine de Sienne

Vendredi

29

Avril

Semaine 17

Avril

Lundi	Mardi	Mercredi	Jeudi	Vendredi	Samedi	Dimanche
				1	2	3
4	5	6	7	8	9	10
11	12	13	14	15	16	17
18	19	20	21	22	23	24
25	26	27	28	29	30	

Un barman achète un perroquet pour divertir sa clientèle. L'oiseau apprend rapidement une phrase : « Un Coca, s'il vous plaît ! » et la répète à longueur de journée. Le barman, commençant à en avoir assez, lui dit :

– Veux-tu arrêter, s'il te plaît, tu commences à agacer la clientèle !

– Un Coca, s'il vous plaît !

– Bon, si tu le répètes encore une fois, je te cloue au mur !

– Un Coca, s'il vous plaît !

Le barman s'exécute et cloue le perroquet au mur, en face d'un crucifix. Le perroquet demande alors à Jésus :

– Ah, toi aussi tu voulais un Coca ?

St Robert
St Jérémie
Fête du Travail
Fin du Ramadan
FÉRIÉ

Samedi **30** Dimanche **1**

Avril / Mai

SEMAINE 17

Avril

Lundi	Mardi	Mercredi	Jeudi	Vendredi	Samedi	Dimanche
				1	2	3
4	5	6	7	8	9	10
11	12	13	14	15	16	17
18	19	20	21	22	23	24
25	26	27	28	29	30	

Un homme se promène avec un gros chien jaune.
Il croise un ami, qui s'exclame :
– Pouah ! Il est moche, ton chien, il est tout pelé !
Où est-ce que tu l'as trouvé ?
– C'est un copain qui me l'a donné.
– Il a l'air costaud, tu crois qu'il peut se battre
contre mon berger allemand ?
– Je pense !
Ils mettent les deux bêtes face à face, et, en moins
d'une minute, le chien jaune a dévoré le berger allemand.
– Mais c'est dingue ! C'est quoi comme race ?
– Je ne sais pas. Quand mon copain me l'a ramené
d'Afrique, il avait une crinière, mais c'était
moche, alors je l'ai tondu.

St Boris
Fin des vacances scolaires
zone A

Lundi
2
Mai

SEMAINE 18

Mai

Lundi	Mardi	Mercredi	Jeudi	Vendredi	Samedi	Dimanche
						1
2	3	4	5	6	7	8
9	10	11	12	13	14	15
16	17	18	19	20	21	22
23	24	25	26	27	28	29
30	31					

Un automobiliste qui roule très lentement croise une voiture arrivant en sens inverse. La femme qui est au volant passe sa tête par la vitre et, lorsqu'elle arrive à son niveau, crie à l'homme :

– Cochon !

– Grosse vache ! réplique-t-il.

Très énervé, le conducteur accélère, dépasse la vitesse autorisée et, au sortir du virage suivant, percute un porc...

Sts Philippe et Jacques
Journée mondiale de la liberté de la presse

Mardi
3
Mai

Mai

Lundi	Mardi	Mercredi	Jeudi	Vendredi	Samedi	Dimanche
						1
2	3	4	5	6	7	8
9	10	11	12	13	14	15
16	17	18	19	20	21	22
23	24	25	26	27	28	29
30	31					

Le petit Jules joue avec son train électrique dans le salon pendant que sa maman lit un livre. Jules s'amuse à faire le contrôleur :

– Gare de Lille… gare des imbéciles… deux minutes d'arrêt !

– Jules, s'il te plaît, surveille ton langage, sinon je t'envoie dans ta chambre !

– Gare d'Angers… gare des teubés… deux minutes d'arrêt !

– Jules, cesse d'être grossier, sinon tu vas dans ta chambre !

– Gare d'Avignon… gare des cons… trois minutes d'arrêt !

La maman punit le garçon, qui file dans sa chambre. Il pleure, hurle, trépigne, mais rien n'y fait, sa maman ne vient pas le chercher. Elle finit par y aller, et le petit Jules reprend tranquillement son jeu.

– Gare Montparnasse… une heure de retard à cause d'une connasse !

St Sylvain

Mercredi

4

Mai

Mai

Lundi	Mardi	Mercredi	Jeudi	Vendredi	Samedi	Dimanche
						1
2	3	4	5	6	7	8
9	10	11	12	13	14	15
16	17	18	19	20	21	22
23	24	25	26	27	28	29
30	31					

Emmanuel Macron rend visite à la reine d'Angleterre. Alors qu'il se trouve dans le carrosse royal en compagnie de la reine, l'un des chevaux se manifeste de façon plus olfactive que sonore, si bien que la respiration des passagers devient difficile. La reine dit alors à M. Macron :

– Vous voyez, mon cher, même la reine d'Angleterre ne peut pas tout contrôler !

– J'apprécie votre honnêteté, majesté, je croyais que c'était le cheval.

Ste Judith

Jeudi

5

Mai

Mai

Lundi	Mardi	Mercredi	Jeudi	Vendredi	Samedi	Dimanche
						1
2	3	4	5	6	7	8
9	10	11	12	13	14	15
16	17	18	19	20	21	22
23	24	25	26	27	28	29
30	31					

Une mère et son enfant sont dans un taxi. Le taxi passe dans une rue où paradent des prostituées. L'enfant demande :

– Maman, qu'est-ce qu'elles font les dames ?

– Elles attendent leur mari qui va rentrer du travail.

Le chauffeur de taxi intervient alors :

– Mais enfin, il ne faut pas mentir aux enfants ! Il faut appeler les choses par leur nom ! Ces dames, ce sont des putes !

Un silence de mort s'abat dans le taxi. Puis l'enfant demande :

– Mais maman, les putes, elles peuvent avoir des enfants ?

– Bien sûr, mon chéri, comment crois-tu que naissent les chauffeurs de taxi ?

Ste Prudence

Vendredi

6

Mai

Semaine 18

Mai

Lundi	Mardi	Mercredi	Jeudi	Vendredi	Samedi	Dimanche
						1
2	3	4	5	6	7	8
9	10	11	12	13	14	15
16	17	18	19	20	21	22
23	24	25	26	27	28	29
30	31					

Deux hommes complètement
saouls discutent dans un parc.
Le premier lance :
– Imagine, tu apprends que,
dans 10 minutes, c'est la fin du monde.
Tu fais quoi ?
– Moi ? Je baise tout ce qui bouge !
Et toi ?
– Moi ? Je ne
bouge pas !

Ste Gisèle
St Désiré
Victoire de 1945
Fête des Mères (Suisse, Belgique & Canada)
FÉRIÉ

SEMAINE 18

Samedi **7** Dimanche **8**

Mai

Mai

Lundi	Mardi	Mercredi	Jeudi	Vendredi	Samedi	Dimanche
						1
2	3	4	5	6	7	8
9	10	11	12	13	14	15
16	17	18	19	20	21	22
23	24	25	26	27	28	29
30	31					

Une religieuse rend visite à un curé.
– Mon père, nous avons un problème au cloître.
Nous avons deux femelles perroquets et elles ne savent dire qu'une seule phrase abominable : « Nous sommes des prostituées, voulez-vous vous amuser ? »
– C'est affreux ! Mais j'ai peut-être une solution. Apportez-les-moi, je les mettrai avec les miens. Ce sont deux mâles et je leur ai appris à prier et à lire la Bible.
Le lendemain, comme convenu, le prêtre met les deux femelles dans la cage des mâles. Elles engagent la conversation :
– Nous sommes des prostituées, voulez-vous vous amuser ?
L'un des perroquets mâles dit à l'autre :
– Tu peux ranger ta Bible, mon vieux !
Nos prières sont enfin exaucées !

St Pacôme
Journée de l'Europe
Fin des vacances scolaires zone C

Semaine 19

Lundi
9
Mai

....

....

....

Mai

Lundi	Mardi	Mercredi	Jeudi	Vendredi	Samedi	Dimanche
						1
2	3	4	5	6	7	8
9	10	11	12	13	14	15
16	17	18	19	20	21	22
23	24	25	26	27	28	29
30	31					

Un homme rentre chez lui et surprend
sa femme au lit avec un nain.
Le mari s'offusque :
– Quoi ! Tu m'avais promis de ne
plus me tromper !
– Mais tu vois bien, chéri, je diminue
la dose...

Ste Solange
Journée nationale de
l'abolition de l'esclavage

Mardi
10
Mai

Mai

Lundi	Mardi	Mercredi	Jeudi	Vendredi	Samedi	Dimanche
						1
2	3	4	5	6	7	8
9	10	11	12	13	14	15
16	17	18	19	20	21	22
23	24	25	26	27	28	29
30	31					

Un homme va à la pharmacie
pour acheter des préservatifs.
Il paie et le pharmacien
lui demande :
– Vous voulez un sac plastique ?
– Non, merci, elle n'est pas si
moche que ça.

Ste Estelle

Mercredi

11

Mai

Semaine 19

Mai

Lundi	Mardi	Mercredi	Jeudi	Vendredi	Samedi	Dimanche
						1
2	3	4	5	6	7	8
9	10	11	12	13	14	15
16	17	18	19	20	21	22
23	24	25	26	27	28	29
30	31					

Ayant remarqué la braguette
ouverte de son patron, une secrétaire,
embarrassée, dit :
– La porte du garage est restée ouverte.
Lui, perplexe, ne comprend pas jusqu'à ce qu'elle lui montre.
Il remonte rapidement la fermeture et lui dit avec un sourire :
– J'espère que vous n'avez pas aperçu
ma superbe Cadillac de luxe.
– Non, juste une vieille
Volkswagen rose avec
deux pneus crevés.

St Achille

Jeudi

12

Mai

Mai

Lundi	Mardi	Mercredi	Jeudi	Vendredi	Samedi	Dimanche
						1
2	3	4	5	6	7	8
9	10	11	12	13	14	15
16	17	18	19	20	21	22
23	24	25	26	27	28	29
30	31					

Un homme déclare la disparition de sa femme au commissariat. Quelques jours plus tard, un inspecteur lui téléphone pour lui annoncer une bonne nouvelle :

– Monsieur, nous avons retrouvé votre femme !

– Ah ? Qu'a-t-elle dit ?

– Rien.

– Alors, ce n'est pas elle...

Ste Rolande

Vendredi

13

Mai

Mai

Lundi	Mardi	Mercredi	Jeudi	Vendredi	Samedi	Dimanche
						1
2	3	4	5	6	7	8
9	10	11	12	13	14	15
16	17	18	19	20	21	22
23	24	25	26	27	28	29
30	31					

Un professeur donne un cours d'histoire-géographie à 20 blondes.
Il leur demande :
– Où se trouve l'Amérique sur cette carte ?
Nicole se lève et montre l'Amérique.
Le prof, étonné, dit : « C'est bien, Nicole ! »
Il demande ensuite :
– Et qui a découvert l'Amérique ?
Les 19 blondes se lèvent et répondent en chœur : « C'est Nicole ! »

St Matthias
Ste Denise

Samedi **14** Dimanche **15**

Mai

Mai

Lundi	Mardi	Mercredi	Jeudi	Vendredi	Samedi	Dimanche
						1
2	3	4	5	6	7	8
9	10	11	12	13	14	15
16	17	18	19	20	21	22
23	24	25	26	27	28	29
30	31					

Deux parfaits inconnus couchent ensemble
pour la première fois. Après avoir terminé,
l'homme dit à la femme :

– Tu es infirmière ?

– Oui, pourquoi ?

– Tu te laves les mains avant, tu te laves
les mains après...

– Ah ah ! Très drôle ! Et toi, tu es anesthésiste ?

– Non, pourquoi ?

– Parce que je n'ai rien senti.

St Honoré

Lundi

16

Mai

Semaine 20

Mai

Lundi	Mardi	Mercredi	Jeudi	Vendredi	Samedi	Dimanche
						1
2	3	4	5	6	7	8
9	10	11	12	13	14	15
16	17	18	19	20	21	22
23	24	25	26	27	28	29
30	31					

Un homme est assis dans un stade de football : c'est la finale de la Coupe du monde et toutes les places se sont vendues il y a des mois à prix d'or. Le stade est plein à craquer, pourtant, à côté de lui, une place est vide. Surpris, l'homme assis de l'autre côté de la place vide lui demande :

– Comment se fait-il que cette place soit vide ?

– Oh, c'est la place de ma femme. Nous allions voir tous les matches ensemble, mais elle est morte il y a trois jours.

L'homme s'excuse et lui présente ses condoléances. Puis il lui demande :

– Personne de votre famille n'a voulu vous accompagner ?

– Ben non, ils sont tous à l'enterrement.

St Pascal

Mardi

17

Mai

Mai

Lundi	Mardi	Mercredi	Jeudi	Vendredi	Samedi	Dimanche
						1
2	3	4	5	6	7	8
9	10	11	12	13	14	15
16	17	18	19	20	21	22
23	24	25	26	27	28	29
30	31					

Une blonde se rend
au confessionnal :
– Ce qui me rend malheureuse,
dit-elle au curé, c'est de n'avoir
jamais connu mon père…
– Vous n'êtes pas la seule
dans ce cas, ma fille.
– Papa !?

St Éric

Mercredi

18

Mai

Mai

Lundi	Mardi	Mercredi	Jeudi	Vendredi	Samedi	Dimanche
						1
2	3	4	5	6	7	8
9	10	11	12	13	14	15
16	17	18	19	20	21	22
23	24	25	26	27	28	29
30	31					

Deux hommes font un rallye dans le désert. Tout à coup, le passager, pris d'une subite envie de faire pipi, demande au conducteur de s'arrêter. Alors qu'il est en train de se soulager, un serpent lui mord le pénis. Le conducteur, voyant la scène, appelle directement le médecin de la course :

– Mon ami s'est fait mordre le pénis par un serpent !

– Il faut agir vite ! Il faut sucer la plaie et il sera sauvé.

Le conducteur raccroche et son ami lui demande :

– Alors, il a dit quoi, le médecin ?

– Il a dit que tu allais mourir.

St Yves

Jeudi

19

Mai

Mai

Lundi	Mardi	Mercredi	Jeudi	Vendredi	Samedi	Dimanche
						1
2	3	4	5	6	7	8
9	10	11	12	13	14	15
16	17	18	19	20	21	22
23	24	25	26	27	28	29
30	31					

Une blonde trouve un billet de 5 €
par terre. Son amie lui demande :
– Qu'est-ce que tu vas faire avec ce billet ?
– Je vais m'acheter un portefeuille, comme ça,
je pourrai mettre mon billet dedans !

St Bernardin

Vendredi

20

Mai

Semaine 20

Mai

Lundi	Mardi	Mercredi	Jeudi	Vendredi	Samedi	Dimanche
						1
2	3	4	5	6	7	8
9	10	11	12	13	14	15
16	17	18	19	20	21	22
23	24	25	26	27	28	29
30	31					

Par un beau dimanche après-midi, un pêcheur taquine tranquillement le brochet sur un petit affluent de la Loire. Un promeneur s'approche :

– Bonjour, monsieur. Dites-moi, vous n'auriez pas vu ma femme ? Elle est blonde et porte une jolie robe bleue à fleurs.

– Oui, en effet, elle est passée il y a un quart d'heure environ.

– Oh, eh bien, j'ai intérêt à me dépêcher si je veux la rejoindre avant qu'il ne fasse nuit.

– Ne vous inquiétez pas, avec le peu de courant qu'il y a par ici, vous l'aurez rattrapée d'ici 10 minutes en marchant normalement.

St Constantin
St Émile

Samedi **21** Dimanche **22**

Mai

SEMAINE 20

Mai

Lundi	Mardi	Mercredi	Jeudi	Vendredi	Samedi	Dimanche
						1
2	3	4	5	6	7	8
9	10	11	12	13	14	15
16	17	18	19	20	21	22
23	24	25	26	27	28	29
30	31					

Pendant sa partie de bridge au club des aînés, Berthe se fait apostropher par l'une de ses amies :

– Dis donc, Berthe, tu sais que j'ai vu ton mari tourner autour des prostituées dans le quartier de la gare... Vraiment, à 70 ans, tu ne penses pas qu'il devrait avoir honte ?

– Et alors ? répond Berthe, l'air indifférent.

– Eh bien... Ça ne te fait vraiment rien de savoir qu'il court après les filles ?

– Tu sais, à la maison, j'ai un chien qui court après les voitures... il n'en a jamais attrapé une !

St Didier

Lundi

23

Mai

Semaine 21

Mai

Lundi	Mardi	Mercredi	Jeudi	Vendredi	Samedi	Dimanche
						1
2	3	4	5	6	7	8
9	10	11	12	13	14	15
16	17	18	19	20	21	22
23	24	25	26	27	28	29
30	31					

Au Moyen Âge, un homme sur l'échafaud dit à son bourreau avant d'être pendu :

– Vous n'avez pas honte de faire un pareil métier !?

– Que voulez-vous, lui répond le bourreau, il faut bien vivre…

St Donatien

Mardi

24

Mai

SEMAINE 21

Mai

Lundi	Mardi	Mercredi	Jeudi	Vendredi	Samedi	Dimanche
						1
2	3	4	5	6	7	8
9	10	11	12	13	14	15
16	17	18	19	20	21	22
23	24	25	26	27	28	29
30	31					

Trois mères juives abordent leur discussion favorite : leurs fils.

– Mon fils, dit la première, il gagne tellement bien sa vie qu'il pourrait s'acheter tout le quartier !

– Ah ? Le mien, dit la deuxième, il gagne tellement bien sa vie qu'il pourrait se payer tout Paris !

Et la troisième :

– Et qui vous dit que mon fils veut bien vendre ?

Ste Sophie
Début du pont de l'Ascension

Mercredi

25

Mai

SEMAINE 21

Mai

Lundi	Mardi	Mercredi	Jeudi	Vendredi	Samedi	Dimanche
						1
2	3	4	5	6	7	8
9	10	11	12	13	14	15
16	17	18	19	20	21	22
23	24	25	26	27	28	29
30	31					

Un homme entre
dans un bar :
– Bonjour, je voudrais une blunkderkilmaskichtmeurkpaf à la menthe, s'il vous plaît.
– Une blunkderkilmaskichtmeurkpaf à la quoi ?

St Bérenger
Ascension
FÉRIÉ

Jeudi
26
Mai

Semaine 21

Mai

Lundi	Mardi	Mercredi	Jeudi	Vendredi	Samedi	Dimanche
						1
2	3	4	5	6	7	8
9	10	11	12	13	14	15
16	17	18	19	20	21	22
23	24	25	26	27	28	29
30	31					

Une femme monte dans un autobus bondé. Elle s'approche d'un monsieur assis et lui demande :

– Pourriez-vous me laisser votre place, s'il vous plaît ? Je suis enceinte.

– Bien sûr, répond l'homme.

Il se lève et lui laisse sa place, puis demande :

– Vous êtes enceinte de combien ? Ça ne se voit pas du tout.

– 10 minutes. Mais ça m'a coupé les jambes !

St Augustin de Cantorbéry
Fête des Voisins

Vendredi

27

Mai

SEMAINE 21

Mai

Lundi	Mardi	Mercredi	Jeudi	Vendredi	Samedi	Dimanche
						1
2	3	4	5	6	7	8
9	10	11	12	13	14	15
16	17	18	19	20	21	22
23	24	25	26	27	28	29
30	31					

Un patient ivre arrive chez son médecin.
– Qu'est-ce que j'ai ? demande le malade.
Le médecin, qui veut être diplomate avec cet ivrogne invétéré, explique :
– Voyez-vous... Je n'arrive pas très bien à déterminer, j'hésite à formuler mon diagnostic... Disons qu'il n'est pas impossible qu'il s'agisse d'un excès de boisson...
Le malade hoche la tête avec compréhension :
– Cela ne fait rien, docteur, je reviendrai quand vous serez à jeun !

St Germain
St Aymar
Fête des Mères (France)

Samedi 28 Dimanche 29
Mai

SEMAINE 21

Mai

Lundi	Mardi	Mercredi	Jeudi	Vendredi	Samedi	Dimanche
						1
2	3	4	5	6	7	8
9	10	11	12	13	14	15
16	17	18	19	20	21	22
23	24	25	26	27	28	29
30	31					

Trois vampires se retrouvent dans un bar. Le premier commande un verre de sang chaud. Le deuxième commande un verre de sang froid. Le troisième commande un verre d'eau chaude. Les deux autres le regardent, étonnés.

– Qu'est-ce qu'il t'arrive ? demandent-ils.

Le vampire sort un Tampax de sa poche et leur répond :

– Je préfère les infusions.

Ste Jeanne d'Arc
Fin du pont de l'Ascension

Lundi
30
Mai

Mai

Lundi	Mardi	Mercredi	Jeudi	Vendredi	Samedi	Dimanche
						1
2	3	4	5	6	7	8
9	10	11	12	13	14	15
16	17	18	19	20	21	22
23	24	25	26	27	28	29
30	31					

UN HOMME ARRIVE
CHEZ LUI EN TAXI.
– ÇA FAIT 45 € !
DIT LE CHAUFFEUR.
– POURRIEZ-VOUS RECULER
UN PEU ? JE N'AI QUE
40 € SUR MOI…

Ste Pétronille
Visitation
Journée mondiale
sans tabac

Mardi
31
Mai

Semaine 22

Mai

Lundi	Mardi	Mercredi	Jeudi	Vendredi	Samedi	Dimanche
						1
2	3	4	5	6	7	8
9	10	11	12	13	14	15
16	17	18	19	20	21	22
23	24	25	26	27	28	29
30	31					

AU BORD D'UNE RIVIÈRE, UN HOMME EN INTERPELLE UN AUTRE :
- MONSIEUR, IL EST INTERDIT DE PÊCHER ICI !
- JE NE PÊCHE PAS, J'APPRENDS À NAGER À MON ASTICOT.

St Justin

Mercredi

1

Juin

SEMAINE 22

Juin

Lundi	Mardi	Mercredi	Jeudi	Vendredi	Samedi	Dimanche
		1	2	3	4	5
6	7	8	9	10	11	12
13	14	15	16	17	18	19
20	21	22	23	24	25	26
27	28	29	30			

Trois amies sont échouées sur une île déserte.
L'une d'elles trouve une lampe magique : elle la frotte et un génie apparaît. Le génie leur dit :

– Vous avez le droit à un vœu chacune.

– Moi, je voudrais rentrer chez moi, dit l'une des filles.

Et hop, elle se retrouve chez elle.

– Moi aussi, je veux rentrer chez moi, dit l'autre.

Et hop, elle se retrouve chez elle aussi.

La dernière dit :

– Je commence à me sentir seule, je voudrais que mes amies reviennent.

Ste Blandine

Jeudi

2

Juin

Juin

Lundi	Mardi	Mercredi	Jeudi	Vendredi	Samedi	Dimanche
		1	2	3	4	5
6	7	8	9	10	11	12
13	14	15	16	17	18	19
20	21	22	23	24	25	26
27	28	29	30			

Un oignon passe à côté
d'un saule pleureur et lui dit :
« J'espère que ce n'est pas
à cause de moi, au moins ! »

St Kévin

Vendredi

3

Juin

Semaine 22

Juin

Lundi	Mardi	Mercredi	Jeudi	Vendredi	Samedi	Dimanche
		1	2	3	4	5
6	7	8	9	10	11	12
13	14	15	16	17	18	19
20	21	22	23	24	25	26
27	28	29	30			

Un homme noir s'adresse
à une assemblée d'hommes blancs : « Moi, je suis noir quand je nais, je suis noir quand je grandis, je suis noir quand j'ai peur, je suis noir quand je me fais mal, je suis noir quand je bronze. Toi, homme blanc, tu es rose quand tu nais, tu es blanc quand tu grandis, tu es bleu quand tu as peur, tu es vert quand tu as mal, tu es rouge quand tu bronzes. Et après, on dit que c'est moi l'homme de couleur… »

Ste Clotilde
St Igor / Pentecôte
Journée mondiale de l'environnement
Fête des Pères (Suisse)
FÉRIÉ

Samedi **4** Dimanche **5**

Juin

Juin

Lundi	Mardi	Mercredi	Jeudi	Vendredi	Samedi	Dimanche
		1	2	3	4	5
6	7	8	9	10	11	12
13	14	15	16	17	18	19
20	21	22	23	24	25	26
27	28	29	30			

Une secrétaire
annonce à son patron :
– Chef, j'ai une bonne et
une mauvaise nouvelle !
– Eh bien, donnez-moi la bonne !
– Vous n'êtes pas stérile !

St Norbert
Lundi de Pentecôte
FÉRIÉ

Lundi
6
Juin

SEMAINE 23

Juin

Lundi	Mardi	Mercredi	Jeudi	Vendredi	Samedi	Dimanche
		1	2	3	4	5
6	7	8	9	10	11	12
13	14	15	16	17	18	19
20	21	22	23	24	25	26
27	28	29	30			

Une vieille dame va voir son médecin.
– Docteur, j'ai un petit problème de gaz. Ça ne me dérange pas tant que ça, car ils ne sentent pas mauvais et ils sont silencieux. Voyez-vous, j'en ai eu plusieurs depuis que je suis dans votre bureau, et vous ne vous en êtes pas aperçu.
– Je vois, dit le docteur, prenez ces cachets et revenez me voir la semaine prochaine.
La semaine suivante, la vieille dame revient.

– Je ne sais pas trop ce que vous m'avez donné : mes gaz restent silencieux, mais ils sentent terriblement mauvais.
– Très bien, dit le docteur, maintenant qu'on a réussi à dégager vos sinus, on va s'occuper de vos oreilles...

St Gilbert

Mardi
7
Juin

SEMAINE 23

Juin

Lundi	Mardi	Mercredi	Jeudi	Vendredi	Samedi	Dimanche
		1	2	3	4	5
6	7	8	9	10	11	12
13	14	15	16	17	18	19
20	21	22	23	24	25	26
27	28	29	30			

Un homme croise un ami d'enfance, qui lui demande :

– Alors, qu'est-ce que tu es devenu ?

– Je suis prof de maths, et toi ?

– Moi, je suis prof de logique.

– Mais c'est quoi, la logique ?

– Tu as un aquarium ?

– Oui.

– Donc tu aimes les poissons ?

– Oui.

– Donc tu aimes les belles choses...

– Oui.

– Donc tu aimes les femmes !

– Oui.

– Eh bien voilà, c'est ça, la logique.

Le professeur de maths repart et croise un autre ami d'enfance. Il lui demande :

– Salut, t'as un aquarium ?

– Non, pourquoi ?

– Ah, donc t'es homosexuel...

St Médard

Mercredi

8

Juin

Semaine 23

Juin

Lundi	Mardi	Mercredi	Jeudi	Vendredi	Samedi	Dimanche
		1	2	3	4	5
6	7	8	9	10	11	12
13	14	15	16	17	18	19
20	21	22	23	24	25	26
27	28	29	30			

Un Corse, adossé à un châtaignier, se repose avec son âne. Un randonneur s'arrête et demande l'heure. Le Corse lève le bras et soupèse les testicules de son âne avant de répondre : « Il est 13 h 12. » Le touriste le regarde, quelque peu interloqué, le remercie, puis s'installe à côté de lui pour une petite pause. Les deux hommes discutent un moment, puis le touriste demande à nouveau l'heure au paysan. Le paysan se saisit de nouveau des testicules de son âne et répond sans hésiter : « Il est 13 h 48. » Le touriste, curieux, demande alors à l'homme comment il fait pour donner l'heure en soupesant les testicules de l'animal. La réponse ne se fait pas attendre : « Je ne les soupèse pas, c'est simplement que de là où je suis, elles me cachent l'horloge du clocher de l'église. »

Ste Diane

Jeudi
9
Juin

SEMAINE 23

Juin

Lundi	Mardi	Mercredi	Jeudi	Vendredi	Samedi	Dimanche
		1	2	3	4	5
6	7	8	9	10	11	12
13	14	15	16	17	18	19
20	21	22	23	24	25	26
27	28	29	30			

Dans un avion, le commandant de bord prend le micro et annonce aux passagers : « Mesdames et messieurs, nous avons atteint notre altitude de croisière, qui est de 12 000 m. » Puis, malencontreusement, il oublie de déconnecter le micro et dit au copilote : « Continue à piloter l'engin. Moi, je vais aller pisser un coup, et après je vais me faire la nouvelle petite hôtesse. » Rouge de confusion, l'hôtesse, ayant entendu ces propos depuis la cabine du fond, remonte le couloir de l'avion pour aller avertir le commandant de sa bourde. Tout à coup, une vieille dame l'arrête et lui dit : « Doucement, vous avez le temps ma petite, il a dit qu'il allait d'abord aux toilettes. »

St Landry

Vendredi

10

Juin

SEMAINE 23

Juin

Lundi	Mardi	Mercredi	Jeudi	Vendredi	Samedi	Dimanche
		1	2	3	4	5
6	7	8	9	10	11	12
13	14	15	16	17	18	19
20	21	22	23	24	25	26
27	28	29	30			

UN PETIT GARÇON DEMANDE
À SON GRAND-PÈRE :
- DIS, PAPI, TU ES COIFFEUR ?
- NON, POURQUOI ?
- PARCE QUE MAMAN A DIT
QUE TU FRISAIS LA SOIXANTAINE
ET PAPA, QUE TU ALLAIS
NOUS RASER TOUT
L'APRÈS-MIDI.

St Barnabé
St Guy
Trinité
Fête des Pères (Belgique)

Samedi **11** Dimanche **12**

Juin

Semaine 23

Juin

Lundi	Mardi	Mercredi	Jeudi	Vendredi	Samedi	Dimanche
		1	2	3	4	5
6	7	8	9	10	11	12
13	14	15	16	17	18	19
20	21	22	23	24	25	26
27	28	29	30			

La maman de Julie lui demande :

– Que fais-tu ?

– Rien !

– Et ton frère ?

– Il m'aide.

St Antoine

Lundi

13

Juin

SEMAINE 24

Juin

Lundi	Mardi	Mercredi	Jeudi	Vendredi	Samedi	Dimanche
		1	2	3	4	5
6	7	8	9	10	11	12
13	14	15	16	17	18	19
20	21	22	23	24	25	26
27	28	29	30			

Une fraise tombe d'un panier.
Une crotte de chien arrive et la salue :
– Bonjour, mademoiselle !
– Berk, tu es moche et tu sens mauvais !
La crotte la regarde attentivement et
la fraise poursuit :
– Moi, je suis belle et je sens bon !
Un chien arrive et la mange.
La crotte lui dit :
– Bon, ben à tout à l'heure !

Sᵗ Élisée

Mardi

14

Juin

Semaine 24

Juin

Lundi	Mardi	Mercredi	Jeudi	Vendredi	Samedi	Dimanche
		1	2	3	4	5
6	7	8	9	10	11	12
13	14	15	16	17	18	19
20	21	22	23	24	25	26
27	28	29	30			

DEUX AMIES DISCUTENT :
- MON FILS A ÉTÉ BAPTISÉ LUNDI.
- QUEL DRÔLE DE PRÉNOM !

Ste Germaine

Mercredi
15
Juin

SEMAINE 24

Juin

Lundi	Mardi	Mercredi	Jeudi	Vendredi	Samedi	Dimanche
		1	2	3	4	5
6	7	8	9	10	11	12
13	14	15	16	17	18	19
20	21	22	23	24	25	26
27	28	29	30			

Un homme se promène avec
un petit cochon sous le bras.
Surpris, un passant lui demande :
– Mais où avez-vous donc trouvé ce porc ?
Et le petit cochon lui répond :
– Je viens de le gagner
à la fête foraine !

Sᵗ Jean-François Régis

Jeudi

16

Juin

Semaine 24

Juin

Lundi	Mardi	Mercredi	Jeudi	Vendredi	Samedi	Dimanche
		1	2	3	4	5
6	7	8	9	10	11	12
13	14	15	16	17	18	19
20	21	22	23	24	25	26
27	28	29	30			

Une petite fille demande à sa maman :
– Maman, maman, est-ce que je peux avoir 1 € pour le donner à la vieille dame du parc ?
– Mais oui, répond la mère, heureuse de voir que sa fille est charitable envers les démunis. Elle est où, cette dame ?
– Juste à l'entrée, c'est la dame qui vend des glaces !

St Hervé

Vendredi
17
Juin

SEMAINE 24

Juin

Lundi	Mardi	Mercredi	Jeudi	Vendredi	Samedi	Dimanche
		1	2	3	4	5
6	7	8	9	10	11	12
13	14	15	16	17	18	19
20	21	22	23	24	25	26
27	28	29	30			

Un médecin s'énerve
contre son patient :
« Cela fait une semaine que
je vous soigne pour une jaunisse,
et c'est maintenant que vous
me dites que vous êtes
chinois ! »

St Léonce
St Romuald
Fête des Pères
(France & Canada)

Samedi **18** Dimanche **19**

Juin

SEMAINE 24

Juin

Lundi	Mardi	Mercredi	Jeudi	Vendredi	Samedi	Dimanche
		1	2	3	4	5
6	7	8	9	10	11	12
13	14	15	16	17	18	19
20	21	22	23	24	25	26
27	28	29	30			

Deux blondes discutent :
– Je n'arrive pas à vendre ma voiture,
il y a trop de kilomètres au compteur.
– Moi, je connais quelqu'un qui sait trafiquer
les compteurs pour diminuer le kilométrage.
Elles se rendent alors chez le mécanicien en
question, qui trafique le compteur et le baisse
à 70 000 km. Un mois plus tard,
les deux blondes se retrouvent.
– Alors, cette voiture, tu as réussi à la vendre ?
– Ah non ! T'es folle ou quoi ? Maintenant qu'elle
n'a plus que 70 000 km, je la garde !

St Silvère

Lundi

20

Juin

Semaine 25

Juin

Lundi	Mardi	Mercredi	Jeudi	Vendredi	Samedi	Dimanche
		1	2	3	4	5
6	7	8	9	10	11	12
13	14	15	16	17	18	19
20	21	22	23	24	25	26
27	28	29	30			

Un bus plein à craquer descend une pente à toute vitesse. Un homme court derrière pour le rattraper. Un passager l'aperçoit et lui crie par la fenêtre :

– Mon pauvre monsieur, vous n'y arriverez jamais ! Attendez le prochain !

– Je ne peux pas, répond-il, essoufflé, c'est moi le chauffeur !

St Rodolphe
Été
Fête de la Musique

Mardi
21
Juin

Semaine 25

Juin

Lundi	Mardi	Mercredi	Jeudi	Vendredi	Samedi	Dimanche
		1	2	3	4	5
6	7	8	9	10	11	12
13	14	15	16	17	18	19
20	21	22	23	24	25	26
27	28	29	30			

Un homme va consulter son médecin :

– Docteur, je suis très ennuyé, mon fils a couché avec une fille qui lui a transmis une vilaine maladie…

– Je vois… Eh bien, qu'il vienne me voir, nous essaierons de soigner cela.

– C'est qu'il l'a à son tour refilé à la bonne…

– Oh, oh…

– Et la bonne me l'a transmise.

– Ah, la, la ! Bon, faites-moi voir ça.

– Mais ce n'est pas tout, docteur. Forcément, moi, j'ai dû la refiler à ma femme…

– Mais alors, à cause de ce petit con, nous voilà tous contaminés !

St Alban

Mercredi

22

Juin

Juin

Lundi	Mardi	Mercredi	Jeudi	Vendredi	Samedi	Dimanche
		1	2	3	4	5
6	7	8	9	10	11	12
13	14	15	16	17	18	19
20	21	22	23	24	25	26
27	28	29	30			

Une jeune maîtresse arrive en Corse et désire tester les connaissances de ses élèves en histoire. Elle demande :

– Qui a tué Henri IV ?

Pas de réponse. Elle pose la question une deuxième fois. Toujours pas de réponse. Elle s'insurge, puis questionne directement l'un des élèves, le petit Ange Costa :

– Dis-moi, Ange, qui a tué Henri IV ?

– J'suis désolé, mademoiselle, mais nous, en Corse, on n'est pas des balances !

Ste Audrey
Fête nationale luxembourgeoise

Jeudi

23

Juin

SEMAINE 25

Juin

Lundi	Mardi	Mercredi	Jeudi	Vendredi	Samedi	Dimanche
		1	2	3	4	5
6	7	8	9	10	11	12
13	14	15	16	17	18	19
20	21	22	23	24	25	26
27	28	29	30			

Une femme fait des essayages
dans un magasin de vêtements.
La vendeuse lui dit :
– Achetez donc cette veste, madame,
c'est de la pure laine !
– Ah bon, alors pourquoi il y a écrit
« pur coton » sur l'étiquette ?
– Pour tromper les mites,
madame !

St Jean-Baptiste
Fête nationale québécoise

Vendredi
24
Juin

Juin

Lundi	Mardi	Mercredi	Jeudi	Vendredi	Samedi	Dimanche
		1	2	3	4	5
6	7	8	9	10	11	12
13	14	15	16	17	18	19
20	21	22	23	24	25	26
27	28	29	30			

Un homme d'affaires est assis dans un bar quand il voit entrer une superbe créature. Celle-ci s'approche et lui murmure à l'oreille :

– Pour 150 €, je fais tout ce que tu veux, à condition que tu puisses le dire en trois mots maximum.

L'homme réfléchit quelques instants, sort 150 € de son portefeuille et dit :

– Repeins ma maison.

St Prosper
St Anthelme

Samedi 25 Dimanche 26

Juin

Juin

Lundi	Mardi	Mercredi	Jeudi	Vendredi	Samedi	Dimanche
		1	2	3	4	5
6	7	8	9	10	11	12
13	14	15	16	17	18	19
20	21	22	23	24	25	26
27	28	29	30			

Dans un bus rempli de personnes âgées, une femme donne une poignée de cacahuètes au chauffeur. Il l'en remercie et les mange. Elle revient cinq minutes plus tard et lui en redonne une poignée, le chauffeur la remercie encore et les mange à nouveau. Au bout de la 10e poignée, le chauffeur lui dit :

– Merci, madame, mais je n'ai plus faim, maintenant. Pourquoi ne donnez-vous pas vos cacahuètes à vos amies plutôt qu'à moi ?

– Bah, vous savez, monsieur, à notre âge, on n'a plus de dents pour en manger, et puis, de toute façon, mes amies n'ont plus faim car elles ont déjà léché le chocolat qui était autour.

St Fernand

Lundi

27

Juin

Juin

Lundi	Mardi	Mercredi	Jeudi	Vendredi	Samedi	Dimanche
		1	2	3	4	5
6	7	8	9	10	11	12
13	14	15	16	17	18	19
20	21	22	23	24	25	26
27	28	29	30			

Deux militaires discutent pendant leur entraînement :

– Pourquoi tu t'es engagé dans l'armée ?

– Parce que je suis célibataire et que j'aime la guerre. Et toi ?

– Moi, parce que je suis marié et que je voulais la paix !

St Irénée

Mardi

28

Juin

SEMAINE 26

Juin

Lundi	Mardi	Mercredi	Jeudi	Vendredi	Samedi	Dimanche
		1	2	3	4	5
6	7	8	9	10	11	12
13	14	15	16	17	18	19
20	21	22	23	24	25	26
27	28	29	30			

Deux chasseurs avancent dans un bois, quand soudain, l'un d'eux s'effondre. Il ne bouge plus, ne respire plus. Son compagnon sort son portable, appelle les urgences et hurle :

– Mon copain est tombé, je crois qu'il est mort ! Qu'est-ce que je peux faire ?

Le médecin à l'autre bout de la ligne lui répond :

– Calmez-vous, monsieur ! D'abord, assurez-vous qu'il est bien mort.

Après un silence, le médecin entend un coup de feu, et le chasseur lui dit :

– Bon, et maintenant, je fais quoi ?

Sts Pierre et Paul

Mercredi

29

Juin

Semaine 26

Juin

Lundi	Mardi	Mercredi	Jeudi	Vendredi	Samedi	Dimanche
		1	2	3	4	5
6	7	8	9	10	11	12
13	14	15	16	17	18	19
20	21	22	23	24	25	26
27	28	29	30			

Un jeune homme se rend dans une charcuterie pour acheter du jambon.
Le charcutier lui demande :
– Combien de tranches désirez-vous ?
– Coupez, coupez, je vous dirai « stop ».
À la 52e tranche, le client dit :
– Stop ! C'est celle-là
que je veux !

St Martial

Jeudi

30

Juin

Juin

Lundi	Mardi	Mercredi	Jeudi	Vendredi	Samedi	Dimanche
		1	2	3	4	5
6	7	8	9	10	11	12
13	14	15	16	17	18	19
20	21	22	23	24	25	26
27	28	29	30			

Un mari et sa femme font les courses ensemble un samedi après-midi :

– Chéri, c'est l'anniversaire de ma mère, demain : si on lui achetait un appareil électrique ?

– Bonne idée ! Qu'est-ce que tu penses d'une chaise ?

St Thierry
Fête nationale canadienne

Vendredi

1

Juillet

SEMAINE 26

Juillet

Lundi	Mardi	Mercredi	Jeudi	Vendredi	Samedi	Dimanche
				1	2	3
4	5	6	7	8	9	10
11	12	13	14	15	16	17
18	19	20	21	22	23	24
25	26	27	28	29	30	31

Deux amies blondes discutent :
– J'ai été mariée trois fois.
– Des enfants ?
– Non, des adultes !

St Martinien
St Thomas

Samedi 2 Dimanche 3

Juillet

Juillet

Lundi	Mardi	Mercredi	Jeudi	Vendredi	Samedi	Dimanche
				1	2	3
4	5	6	7	8	9	10
11	12	13	14	15	16	17
18	19	20	21	22	23	24
25	26	27	28	29	30	31

Une femme mariée depuis 25 ans décide de faire appel aux talents d'une diseuse de bonne aventure. Cette dernière lui fait une déclaration alarmante : « J'ai le regret de vous dire que votre mari va mourir d'une mort violente. » Stoïque, la femme répond : « Ah bon ! Et est-ce que je serai acquittée ? »

St Florent
Fête nationale américaine
(Independence Day)

Lundi

4

Juillet

Juillet

Lundi	Mardi	Mercredi	Jeudi	Vendredi	Samedi	Dimanche
				1	2	3
4	5	6	7	8	9	10
11	12	13	14	15	16	17
18	19	20	21	22	23	24
25	26	27	28	29	30	31

Un vieux juif meurt et rencontre Dieu en arrivant au paradis. Il fait le bilan de sa vie :

– La pire chose qui me soit arrivée, c'est quand mon fils s'est converti au catholicisme.

– Moi aussi, ça m'est arrivé, lui répond Dieu.

– Et qu'est-ce que vous avez fait ?

– Un nouveau testament...

Ste Zoé

Mardi

5

Juillet

Semaine 27

Juillet

Lundi	Mardi	Mercredi	Jeudi	Vendredi	Samedi	Dimanche
				1	2	3
4	5	6	7	8	9	10
11	12	13	14	15	16	17
18	19	20	21	22	23	24
25	26	27	28	29	30	31

Un homme entre dans les ordres au sein d'une communauté réputée pour son voeu de silence. Chaque moine n'est autorisé qu'à prononcer deux mots tous les dix ans. Après une décennie de silence, il est invité par l'abbé à prononcer ses deux premiers mots. « Nourriture froide », dit-il, puis il retourne à sa vie contemplative. Dix ans plus tard, il est à nouveau convié chez l'abbé pour prononcer ses deux nouveaux mots. « Lit dur », soupire-t-il. Après trente ans de vie monastique, il est appelé par l'abbé pour prononcer ses deux nouveaux mots.

– Je pars, annonce-t-il.

– Ça ne m'étonne pas, réplique l'abbé, vous n'avez pas arrêté de vous plaindre depuis que vous êtes ici.

Ste Mariette
Début des vacances scolaires

Mercredi

6

Juillet

Juillet

Lundi	Mardi	Mercredi	Jeudi	Vendredi	Samedi	Dimanche
				1	2	3
4	5	6	7	8	9	10
11	12	13	14	15	16	17
18	19	20	21	22	23	24
25	26	27	28	29	30	31

Un juif sur son lit de mort
convoque sa famille :

– Rachel, ma femme, ma confidente, tu es là ?

– Oui, mon mari, je suis là.

– David, mon fils aîné, mon héritier, tu es là ?

– Oui, papa, je suis là.

– Eli, mon fils cadet, tu es là ?

– Oui, papa, je suis là aussi.

– Alors qui n'a pas éteint la lumière
de la cuisine ?

St Raoul

Jeudi

7

Juillet

Juillet

Lundi	Mardi	Mercredi	Jeudi	Vendredi	Samedi	Dimanche
				1	2	3
4	5	6	7	8	9	10
11	12	13	14	15	16	17
18	19	20	21	22	23	24
25	26	27	28	29	30	31

Un cambrioleur s'introduit sans bruit dans une maison qu'il croit vide. À peine à l'intérieur, il entend derrière lui une voix :

– Tu devrais faire attention, Dieu et Jésus t'observent.

Terrifié, le cambrioleur se retourne et voit une cage avec un perroquet à l'intérieur. Soulagé, il dit :

– Alors comme ça, Dieu et Jésus me surveillent !

– Oui, ils te surveillent en ce moment même !

– Et toi, comment t'appelles-tu ?

– Nazareth, répond le volatile.

– Mais quel est l'idiot qui a bien pu te donner un nom pareil ?

– Le même idiot qui a baptisé le pitbull Dieu et le rottweiler Jésus !

Sᵗ Thibaut

Vendredi

8

Juillet

Juillet

Lundi	Mardi	Mercredi	Jeudi	Vendredi	Samedi	Dimanche
				1	2	3
4	5	6	7	8	9	10
11	12	13	14	15	16	17
18	19	20	21	22	23	24
25	26	27	28	29	30	31

Un curé invite un autre curé chez lui. L'invité constate que la domestique de son hôte est une jeune et jolie demoiselle. La soirée se déroule sans problème et l'invité rentre chez lui. Le lendemain, la bonne annonce au curé que sa louche a disparu. Le curé lui répond : « C'est probablement mon ami d'hier soir qui m'a fait une plaisanterie. Je vais lui écrire. » Il lui envoie la lettre suivante : « Cher ami, je ne dis pas que vous m'avez volé ma louche, je ne dis pas non plus que vous aviez l'intention de le faire, mais si vous la trouvez chez vous, je vous prie de me la rendre. » Quelques jours plus tard, il reçoit cette lettre en retour : « Cher ami, je ne dis pas que vous couchez avec votre bonne, je ne dis pas non plus que vous avez l'intention de le faire, mais si vous aviez dormi dans votre lit, vous auriez retrouvé la louche. »

Ste Amandine
St Ulrich
Aïd el-kebir

Samedi **9** Dimanche **10**

Juillet

Juillet

Lundi	Mardi	Mercredi	Jeudi	Vendredi	Samedi	Dimanche
				1	2	3
4	5	6	7	8	9	10
11	12	13	14	15	16	17
18	19	20	21	22	23	24
25	26	27	28	29	30	31

Un homme se rend à confesse.
– Mon père, pardonnez-moi, car j'ai péché.
– Qu'avez-vous fait ?
– Je suis médecin et j'ai couché avec l'une de mes patientes.
– Mon fils, ce n'est pas très bien, mais remettez-vous. Vous n'êtes pas le premier médecin à coucher avec une patiente. J'ai déjà entendu plusieurs confessions à ce sujet.
– Oui, mais moi, je suis vétérinaire...

St Benoît

Lundi
11
Juillet

Juillet

Lundi	Mardi	Mercredi	Jeudi	Vendredi	Samedi	Dimanche
				1	2	3
4	5	6	7	8	9	10
11	12	13	14	15	16	17
18	19	20	21	22	23	24
25	26	27	28	29	30	31

La veille des 18 ans
d'une jeune fille, son père lui dit :
– Voici le chèque de pension alimentaire à remettre à ta mère. Tu lui diras que c'est le dernier ! Et, à ce moment-là, regarde bien sa tête !
La fille se rend chez sa mère et transmet le message de son père. La mère réplique :
– Va voir ton père et dis-lui que je le remercie beaucoup, et qu'il n'est pas ton père. Et regarde bien sa tête à ce moment-là !

St Olivier

Mardi
12
Juillet

Juillet

Lundi	Mardi	Mercredi	Jeudi	Vendredi	Samedi	Dimanche
				1	2	3
4	5	6	7	8	9	10
11	12	13	14	15	16	17
18	19	20	21	22	23	24
25	26	27	28	29	30	31

Une petite fille de 4 ans et sa mère prennent le bus. La mère dit à son enfant :

– S'il te le demande, dis au contrôleur que tu as 3 ans, pour ne pas payer.

Le contrôleur arrive et demande à la fillette :

– Quel âge as-tu, ma petite ?

– J'ai 3 ans.

– Quand en auras-tu 4 ?

– En descendant du bus, monsieur.

Sts Henri et Joël

Mercredi

13

Juillet

Semaine 28

Juillet

Lundi	Mardi	Mercredi	Jeudi	Vendredi	Samedi	Dimanche
				1	2	3
4	5	6	7	8	9	10
11	12	13	14	15	16	17
18	19	20	21	22	23	24
25	26	27	28	29	30	31

– Docteur, c'est terrible : toutes les nuits, au fond de ma chambre, je vois un crocodile ! dit un homme déprimé à son psychiatre.

– Ce n'est rien ! Prenez deux de ces cachets tous les soirs et ça passera !

Mais huit jours plus tard, le patient revient.

– Docteur, faites quelque chose ! Maintenant, je vois le crocodile au pied de mon lit !

– Avalez quatre cachets, c'est radical !

Huit jours après, le patient revient.

– Docteur, voilà que le crocodile est chaque nuit dans mon lit, maintenant !

– Eh bien, prenez dix cachets !

Deux mois plus tard, professionnel, le docteur téléphone au domicile de l'homme pour prendre de ses nouvelles.

Une voix inconnue lui répond :

– Comment ? Mais, docteur, vous ne savez donc pas ? Il est mort le mois dernier, mangé par un crocodile !

St Camille
Fête nationale française
FÉRIÉ

Jeudi
14
Juillet

Semaine 28

Juillet

Lundi	Mardi	Mercredi	Jeudi	Vendredi	Samedi	Dimanche
				1	2	3
4	5	6	7	8	9	10
11	12	13	14	15	16	17
18	19	20	21	22	23	24
25	26	27	28	29	30	31

Un éléphant et une souris sont
au bord d'un lac gelé. L'éléphant hésite
à s'élancer. Gentiment, la souris propose :
« Je vais y aller en premier pour voir
si la glace tient le coup. »

St Donald

Vendredi

15

Juillet

Semaine 28

Juillet

Lundi	Mardi	Mercredi	Jeudi	Vendredi	Samedi	Dimanche
				1	2	3
4	5	6	7	8	9	10
11	12	13	14	15	16	17
18	19	20	21	22	23	24
25	26	27	28	29	30	31

Dans une boutique de vêtements, une femme regarde les foulards en soie.

– Combien coûte celui-là ?

– 150 €, lui répond la commerçante.

– Quoi ? Mais c'est le prix d'un pantalon !

– Oui, mais avouez que vous auriez l'air ridicule avec un pantalon autour du cou !

N.-D. du Mont-Carmel
Ste Charlotte

Samedi **16** Dimanche **17**

Juillet

Juillet

Lundi	Mardi	Mercredi	Jeudi	Vendredi	Samedi	Dimanche
				1	2	3
4	5	6	7	8	9	10
11	12	13	14	15	16	17
18	19	20	21	22	23	24
25	26	27	28	29	30	31

POURQUOI FAIT-IL CHAUD DANS UN CAR ?

PARCE QU'IL Y A UN CHAUFFEUR.

St Frédéric

Lundi

18

Juillet

Juillet

Lundi	Mardi	Mercredi	Jeudi	Vendredi	Samedi	Dimanche
				1	2	3
4	5	6	7	8	9	10
11	12	13	14	15	16	17
18	19	20	21	22	23	24
25	26	27	28	29	30	31

Un agent de police
arrête une automobiliste.
– Vous faites plus de 50 !
– J'ai toujours fait plus
que mon âge !

Sᵗ Arsène

Mardi

19

Juillet

Juillet

Lundi	Mardi	Mercredi	Jeudi	Vendredi	Samedi	Dimanche
				1	2	3
4	5	6	7	8	9	10
11	12	13	14	15	16	17
18	19	20	21	22	23	24
25	26	27	28	29	30	31

Un homme visite un musée pour la première fois avec un guide. Soudain, en regardant une toile, il s'écrie :

– Qu'est-ce que c'est moche !

– C'est un Picasso, monsieur.

Dix minutes plus tard, l'homme s'exclame devant un autre tableau :

– C'est encore plus moche que votre Picasso !

– Ça, c'est un miroir, monsieur.

Ste Marina

Mercredi

20

Juillet

Semaine 29

Juillet

Lundi	Mardi	Mercredi	Jeudi	Vendredi	Samedi	Dimanche
				1	2	3
4	5	6	7	8	9	10
11	12	13	14	15	16	17
18	19	20	21	22	23	24
25	26	27	28	29	30	31

Un petit Esquimau s'en va pêcher. Il creuse un trou dans la glace et entend dans un haut-parleur : « Il ne faut pas pêcher ici, il n'y a aucun poisson ! » Le petit Esquimau va un peu plus loin et entend à nouveau : « Il ne faut pas pêcher ici, il n'y a pas de poissons ! »
Il répond alors :
– Mais qui parle ?
– Le directeur de la patinoire !

St Victor
Fête nationale belge

Jeudi
21
Juillet

Juillet

Lundi	Mardi	Mercredi	Jeudi	Vendredi	Samedi	Dimanche
				1	2	3
4	5	6	7	8	9	10
11	12	13	14	15	16	17
18	19	20	21	22	23	24
25	26	27	28	29	30	31

Deux pénis se croisent dans
un casting pour un film porno.
Le premier dit à l'autre :
– Dis donc, tu as l'air tendu !
– C'est normal, j'ai un oral
dans deux minutes.

Ste Marie-Madeleine

Vendredi

22

Juillet

SEMAINE 29

Juillet

Lundi	Mardi	Mercredi	Jeudi	Vendredi	Samedi	Dimanche
				1	2	3
4	5	6	7	8	9	10
11	12	13	14	15	16	17
18	19	20	21	22	23	24
25	26	27	28	29	30	31

Un agent interpelle un joueur de guitare qui fait la manche dans le métro :

– Vous avez une autorisation de la préfecture ?

– Ben non !

– Très bien, alors accompagnez-moi.

– D'accord, qu'est-ce que vous voulez chanter ?

Ste Brigitte
Ste Christine

Samedi 23 Dimanche 24
Juillet

Juillet

Lundi	Mardi	Mercredi	Jeudi	Vendredi	Samedi	Dimanche
				1	2	3
4	5	6	7	8	9	10
11	12	13	14	15	16	17
18	19	20	21	22	23	24
25	26	27	28	29	30	31

Une femme veille son mari mourant. Celui-ci la remercie de tous les bons moments passés ensemble. Au bout d'un long moment, elle tombe de fatigue et s'assoupit.

Le mari, vexé, s'exclame :

– Quoi ? Ce sont peut-être mes derniers instants à vivre et toi, tu t'endors !

– Eh, dis ! Ce n'est pas toi qui te lèves demain matin !

St Jacques

Lundi

25

Juillet

Juillet

Lundi	Mardi	Mercredi	Jeudi	Vendredi	Samedi	Dimanche
				1	2	3
4	5	6	7	8	9	10
11	12	13	14	15	16	17
18	19	20	21	22	23	24
25	26	27	28	29	30	31

Un homme entre dans
un magasin et dit au marchand :
– J'aimerais avoir un porte-monnaie
imperméable.
– Désolé, monsieur, nous n'en avons pas.
Mais pourquoi imperméable ?
– Je veux y mettre de
l'argent liquide.

Sts Anne et Joachim

Mardi

26

Juillet

Juillet

Lundi	Mardi	Mercredi	Jeudi	Vendredi	Samedi	Dimanche
				1	2	3
4	5	6	7	8	9	10
11	12	13	14	15	16	17
18	19	20	21	22	23	24
25	26	27	28	29	30	31

UN AGENT DE POLICE
ARRÊTE UN AUTOMOBILISTE
EN ÉTAT D'ÉBRIÉTÉ ET
LUI DEMANDE :
- COMMENT VOUS APPELEZ-VOUS ?
- CHERIISZNEOWSKY.
- ET COMMENT
ÉCRIVEZ-VOUS CELA ?
- C-E-L-A.

Ste Nathalie

Mercredi
27
Juillet

Juillet

Lundi	Mardi	Mercredi	Jeudi	Vendredi	Samedi	Dimanche
				1	2	3
4	5	6	7	8	9	10
11	12	13	14	15	16	17
18	19	20	21	22	23	24
25	26	27	28	29	30	31

Trois sœurs se préparent pour sortir. Au moment de franchir la porte, leur mère leur demande :

– Où allez-vous ?

– Nous sortons avec nos fiancés, maman !

– Qu'allez-vous faire ?

La première répond :

– Moi, quand je sors avec Henri, on rit !

La seconde dit :

– Moi, quand je sors avec Charles, on parle !

Et la troisième annonce :

– Moi, quand je sors avec Blaise…

Sa mère ne la laisse pas terminer sa phrase :

– Non ! Toi, tu restes ici !

St Samson

Jeudi

28

Juillet

Juillet

Lundi	Mardi	Mercredi	Jeudi	Vendredi	Samedi	Dimanche
				1	2	3
4	5	6	7	8	9	10
11	12	13	14	15	16	17
18	19	20	21	22	23	24
25	26	27	28	29	30	31

Un Belge est en voiture sur l'autoroute. Il met la radio et entend : « Attention ! Attention ! On nous a signalé qu'une voiture roulait en ce moment en sens inverse sur l'autoroute ! Soyez très prudents ! »

Le Belge éteint sa radio et dit : « Tu parles, il y en a des centaines ! »

Ste Marthe

Vendredi

29

Juillet

Juillet

Lundi	Mardi	Mercredi	Jeudi	Vendredi	Samedi	Dimanche
				1	2	3
4	5	6	7	8	9	10
11	12	13	14	15	16	17
18	19	20	21	22	23	24
25	26	27	28	29	30	31

Un jour, James Bond, Robin des Bois et Rambo décident de faire un concours de tirs. Ils choisissent un passant au hasard, le plaquent contre un arbre et lui flanquent une pomme sur la tête. James Bond est le premier. Il tire : la pomme explose, l'homme est sain et sauf. En soufflant la fumée du canon, il dit : « Bond, James Bond. » Robin est le second. Il vise, tire et sa flèche se plante dans la pomme. Robin exulte et dit : « Robin, Robin Hood. » Rambo est le dernier. Il sort deux mitrailleuses et tire : la pomme, la tête de l'homme et son torse explosent. Il dit : *Sorry, fuckin' sorry!*

Ste Juliette
St Ignace de Loyola

Samedi **30** Dimanche **31**
Juillet

Juillet

Lundi	Mardi	Mercredi	Jeudi	Vendredi	Samedi	Dimanche
				1	2	3
4	5	6	7	8	9	10
11	12	13	14	15	16	17
18	19	20	21	22	23	24
25	26	27	28	29	30	31

Pour la 12e fois, une Écossaise arrive devant le maire avec son fiancé complètement saoul. Le maire la réprimande :

– Mais voyons, madame, amenez-le-moi quand il sera sobre !

– Mais, monsieur le maire, quand il est sobre, il ne veut pas venir !

St Alphonse
Fête nationale suisse

Août

Lundi	Mardi	Mercredi	Jeudi	Vendredi	Samedi	Dimanche
1	2	3	4	5	6	7
8	9	10	11	12	13	14
15	16	17	18	19	20	21
22	23	24	25	26	27	28
29	30	31				

Un homme vient de tomber d'un édifice haut de 15 étages. Sa femme appelle un médecin, qui lui dit :

– Votre mari est mort, madame !

Tout à coup, l'homme se lève et dit :

– Mais non, je ne suis pas mort !

La femme répond :

– Arrête, chéri, le docteur sait ce qu'il dit !

St Julien

Mardi

2

Août

Août

Lundi	Mardi	Mercredi	Jeudi	Vendredi	Samedi	Dimanche
1	2	3	4	5	6	7
8	9	10	11	12	13	14
15	16	17	18	19	20	21
22	23	24	25	26	27	28
29	30	31				

UN FOU TOURNE AUTOUR
D'UN TROU EN CRIANT :
- 26, 26, 26, 26...
UN HOMME ARRIVE ET
LUI DEMANDE :
- POURQUOI CRIEZ-VOUS « 26 » ?
LE FOU LE POUSSE DANS
LE TROU ET CRIE :
- 27, 27, 27, 27...

Ste Lydie

Mercredi

3

Août

SEMAINE 31

Août

Lundi	Mardi	Mercredi	Jeudi	Vendredi	Samedi	Dimanche
1	2	3	4	5	6	7
8	9	10	11	12	13	14
15	16	17	18	19	20	21
22	23	24	25	26	27	28
29	30	31				

Le lendemain d'une intervention, un chirurgien va voir son patient et lui annonce :

– J'ai deux nouvelles pour vous : une bonne et une mauvaise. Laquelle voulez-vous que je vous donne en premier ?

– La plus mauvaise.

– J'ai dû vous couper les deux jambes.

– Oh, mon Dieu ! s'exclame l'homme. Après ça, je doute qu'il puisse y avoir une bonne nouvelle…

– Oh si, votre voisin de lit propose de racheter vos pantoufles !

St Jean-Marie Vianney

Jeudi

4

Août

Août

Lundi	Mardi	Mercredi	Jeudi	Vendredi	Samedi	Dimanche
1	2	3	4	5	6	7
8	9	10	11	12	13	14
15	16	17	18	19	20	21
22	23	24	25	26	27	28
29	30	31				

Un candidat passe un entretien pour un poste dans une administration publique. Tout se déroule bien, mais il a besoin d'être honnête avec son interlocuteur.

– Il faut que je vous l'avoue, j'ai un problème anatomique. J'ai fait la guerre, une grenade a explosé près de moi et je n'ai plus de testicules.

– Ce n'est pas un problème ! Vous avez passé avec succès les tests de recrutement, je vous engage !

– Parfait, merci beaucoup. Quand puis-je commencer ?

– Disons lundi, à 11 heures.

– Écoutez, les bureaux ouvrent à 9 heures. Je ne veux pas de traitement spécial, je serai donc là lundi, à 9 heures.

– Ce n'est pas la peine : de 9 heures à 11 heures, les employés se grattent les couilles en se demandant ce qu'ils vont pouvoir faire le reste de la journée !

St Abel

Vendredi

5

Août

Semaine 31

Août

Lundi	Mardi	Mercredi	Jeudi	Vendredi	Samedi	Dimanche
1	2	3	4	5	6	7
8	9	10	11	12	13	14
15	16	17	18	19	20	21
22	23	24	25	26	27	28
29	30	31				

Un papa entre dans un magasin de jouets pour acheter une poupée Barbie pour l'anniversaire de sa fille. Il demande au marchand :

– Combien coûte cette Barbie dans la vitrine ?

– Laquelle ? Nous avons Barbie à la plage, Barbie au gymnase, Barbie fait du shopping et Barbie va au night-club pour 19,95 € chacune, et Barbie divorcée pour 259,90 €.

– Pourquoi Barbie divorcée coûte-t-elle 259,90 € alors que les autres ne sont qu'à 19,95 € ?

– Eh bien, c'est parce que Barbie divorcée est vendue avec la maison de Ken, la voiture de Ken, le bateau de Ken, les meubles de Ken...

St Octavien
Transfiguration du Seigneur
St Gaétan

Samedi **6** Dimanche **7**
Août

SEMAINE 31

Août

Lundi	Mardi	Mercredi	Jeudi	Vendredi	Samedi	Dimanche
1	2	3	4	5	6	7
8	9	10	11	12	13	14
15	16	17	18	19	20	21
22	23	24	25	26	27	28
29	30	31				

Deux éléphantes discutent au bord
d'une rivière par une chaleur torride.
La première dit à l'autre :
– Il fait si chaud ! Viens, on va se baigner…
– Je voudrais bien, mais en ce moment, c'est pas
possible, tu comprends… j'ai mes règles.
– C'est pas grave, t'as qu'à faire
comme moi : mets un mouton !

Ste Dominique

Lundi
8
Août

Août

Lundi	Mardi	Mercredi	Jeudi	Vendredi	Samedi	Dimanche
1	2	3	4	5	6	7
8	9	10	11	12	13	14
15	16	17	18	19	20	21
22	23	24	25	26	27	28
29	30	31				

Une jeune fille de la ferme ouvre sa porte d'entrée à son voisin, paysan lui aussi.

– Mon père n'est pas à la maison, mais je sais pourquoi vous êtes là : vous voulez que notre taureau saille votre vache. Mon père demande 50 € pour ça.

– C'est intéressant, mais ce n'est pas pour ça que je viens.

– Nous avons aussi un jeune taureau. Il n'a pas encore été testé mais, génétiquement, il est très performant. Mon père ne demande que 20 € pour ses saillies.

– Merci, mais ce n'est pas pour ça que je viens.

– Ah... Il nous reste bien un vieux taureau, mais il est coléreux. Si vous arrivez à vous en approcher, la saillie ne vous coûtera que 10 €.

– Merci, mais je ne viens pas pour ça. J'aimerais parler à votre père de votre frère Basile : il a mis ma fille enceinte !

– Dans ce cas-là, il faudra l'attendre, parce que je ne sais pas combien il demande pour Basile.

St Amour

Mardi

9

Août

Semaine 32

Août

Lundi	Mardi	Mercredi	Jeudi	Vendredi	Samedi	Dimanche
1	2	3	4	5	6	7
8	9	10	11	12	13	14
15	16	17	18	19	20	21
22	23	24	25	26	27	28
29	30	31				

UNE SECRÉTAIRE BLONDE SE PLAINT À SON PATRON :

– MONSIEUR LE DIRECTEUR, MON SALAIRE N'EST PAS EN RAPPORT AVEC MES CAPACITÉS !

– JE LE SAIS BIEN, MAIS NOUS NE POUVONS TOUT DE MÊME PAS VOUS LAISSER CREVER DE FAIM !

St Laurent

Mercredi

10

Août

SEMAINE 32

Août

Lundi	Mardi	Mercredi	Jeudi	Vendredi	Samedi	Dimanche
1	2	3	4	5	6	7
8	9	10	11	12	13	14
15	16	17	18	19	20	21
22	23	24	25	26	27	28
29	30	31				

Un homme fantasme sur Brigitte Bardot.
Pour lui faire plaisir, son épouse décide de se faire tatouer un B sur chaque fesse pour son anniversaire.
Le soir, elle se déshabille, baisse sa culotte et lui exhibe son postérieur :
– Tu as vu, mon chéri ?
– Qui c'est, ce Bob ?

Ste Claire

Jeudi
11
Août

Août

Lundi	Mardi	Mercredi	Jeudi	Vendredi	Samedi	Dimanche
1	2	3	4	5	6	7
8	9	10	11	12	13	14
15	16	17	18	19	20	21
22	23	24	25	26	27	28
29	30	31				

Une maman explique à son fils de 4 ans :
– Dorénavant, quand tu auras besoin d'aller aux toilettes, au lieu de dire : « Maman, j'ai envie de faire pipi », tu diras : « Maman, j'ai envie de chanter ».
Le petit garçon suit la consigne. Le week-end suivant, il va chez ses grands-parents. En pleine nuit, il va trouver sa grand-mère :
– Mamie, j'ai envie de chanter !
– Oh, mon petit, pas maintenant, tu auras tout le temps demain ! Laisse-moi dormir...
Mais le petit insiste et elle finit par céder :
– Bon, je veux bien, mais il ne faut surtout pas réveiller ton papi ! Alors fais-le doucement dans mon oreille.

Ste Jeanne-Françoise de Chantal

Vendredi

12

Août

SEMAINE 32

Août

Lundi	Mardi	Mercredi	Jeudi	Vendredi	Samedi	Dimanche
1	2	3	4	5	6	7
8	9	10	11	12	13	14
15	16	17	18	19	20	21
22	23	24	25	26	27	28
29	30	31				

Sylvie demande à son mari de changer une ampoule. L'homme s'écrie :
– Y a pas écrit « électricité générale » là-dessus !
Le lendemain, Sylvie dit à son mari :
– Chéri, les enfants ont cassé la fenêtre du séjour.
Tu peux t'en occuper ?
– Tu vois écrit « vitrier » là-dessus ? lui répond-il.
Une semaine plus tard, le mari découvre que tout a été réparé.
– Ça y est, il n'y a plus de problèmes d'ampoule ni de carreau brisé ?
– Non, le voisin a tout réparé.
– Et combien a-t-il demandé pour cela ?
– Il a été sympa : il m'a laissé le choix entre lui faire des flans
à la crème fraîche ou passer deux heures d'intimité avec lui.
– Ah ! Et il a aimé tes flans à la crème ?
– Tu vois marqué « Mamie Nova » là-dessus ?

St Hippolyte
St Evrard

Samedi 13 Dimanche 14
Août

Août

Lundi	Mardi	Mercredi	Jeudi	Vendredi	Samedi	Dimanche
1	2	3	4	5	6	7
8	9	10	11	12	13	14
15	16	17	18	19	20	21
22	23	24	25	26	27	28
29	30	31				

Une mère juive est sur la plage
avec son fils. Soudain, une vague plus forte
que les autres emporte le pauvre petit. La mère
en larmes supplie :
– Mon Dieu, mon Dieu, rendez-nous notre enfant !
Par miracle, une nouvelle vague ramène
sur la plage le jeune garçon vivant.
– Merci, mon Dieu, pour ta miséricorde ! s'exclame
la mère. Mais le petit, poursuit-elle, il n'avait
pas une casquette quand il a été emporté ?

Ste Marie
Assomption
FÉRIÉ

Lundi
15
Août

Semaine 33

Août

Lundi	Mardi	Mercredi	Jeudi	Vendredi	Samedi	Dimanche
1	2	3	4	5	6	7
8	9	10	11	12	13	14
15	16	17	18	19	20	21
22	23	24	25	26	27	28
29	30	31				

Un homme arrive dans un bar
et commande un triple scotch.
Le barman lui demande :
– Qu'est-ce qu'il y a, mon vieux ?
– Je me suis encore disputé avec ma femme.
– Et c'est encore elle qui a gagné ?
– Non, pas cette fois : je peux te dire
qu'à la fin, elle était à
quatre pattes devant moi.
– Ah oui ? Et qu'est-ce qu'elle t'a dit ?
– Sors de dessous le lit, mauviette !

St Armel

Mardi

16

Août

Août

Lundi	Mardi	Mercredi	Jeudi	Vendredi	Samedi	Dimanche
1	2	3	4	5	6	7
8	9	10	11	12	13	14
15	16	17	18	19	20	21
22	23	24	25	26	27	28
29	30	31				

Dans le désert, un explorateur fait des recherches.
Au bout de trois mois, n'y tenant plus, il va trouver le chef du campement touareg le plus proche.

– Grand chef, je suis tout seul depuis trois mois : tu n'aurais pas une femme à me proposer ?

– Prends le chameau derrière les tentes.

– Ah non, c'est absolument dégoûtant !

Il s'en va, révulsé. Plus tard, les choses se sont aggravées.

– Grand chef, je suis tout seul depuis cinq mois : tu n'aurais pas une femme à me proposer ?

– Prends le chameau derrière les tentes.

N'y tenant plus, il va vers le chameau et lui fait son affaire.
Puis il revient vers le chef de campement.

– Écoute, ce que tu m'as dit de faire était vraiment répugnant.

– Le chameau, c'était pour aller en ville.

St Hyacinthe

Mercredi

17

Août

Août

Lundi	Mardi	Mercredi	Jeudi	Vendredi	Samedi	Dimanche
1	2	3	4	5	6	7
8	9	10	11	12	13	14
15	16	17	18	19	20	21
22	23	24	25	26	27	28
29	30	31				

Un énorme camionneur boit un verre dans un bar lorsqu'un petit homme entre et demande à qui appartient le pitbull qui est dehors. Le camionneur lui répond :

– C'est mon chien ! Pourquoi, t'as un problème ?

– Non, mais je crois que mon chien vient de tuer le vôtre…

– Quoi ! Mais qu'est-ce que tu as, comme chien ?

– Un caniche nain.

– Un caniche ! Mais comment un caniche peut-il tuer un pitbull ?

– Eh bien, je crois qu'il s'est étouffé avec…

Ste Hélène

Jeudi
18
Août

Août

Lundi	Mardi	Mercredi	Jeudi	Vendredi	Samedi	Dimanche
1	2	3	4	5	6	7
8	9	10	11	12	13	14
15	16	17	18	19	20	21
22	23	24	25	26	27	28
29	30	31				

Deux hommes attendent fébrilement
dans la salle d'attente d'une maternité.
La porte s'ouvre et une infirmière s'adresse, souriante,
à l'un des deux hommes :
– Félicitations, monsieur ! La naissance s'est bien passée !
L'autre homme se lève, furieux :
– Mais madame, je suis pourtant arrivé
avant lui !

St Jean Eudes

Vendredi

19

Août

Semaine 33

Août

Lundi	Mardi	Mercredi	Jeudi	Vendredi	Samedi	Dimanche
1	2	3	4	5	6	7
8	9	10	11	12	13	14
15	16	17	18	19	20	21
22	23	24	25	26	27	28
29	30	31				

Dans un restaurant, une femme demande au serveur :
– Vous servez des dindes ?
– Bien sûr ! On sert tout le monde, ici, madame.

St Bernard
St Christophe

Samedi 20 Dimanche 21

Août

Août

Lundi	Mardi	Mercredi	Jeudi	Vendredi	Samedi	Dimanche
1	2	3	4	5	6	7
8	9	10	11	12	13	14
15	16	17	18	19	20	21
22	23	24	25	26	27	28
29	30	31				

UNE BRUNE ET UNE
BLONDE MARCHENT DANS
LA RUE QUAND LA BRUNE S'ÉCRIE :
– REGARDE ! UN OISEAU MORT !
LA BLONDE LÈVE LES YEUX
AU CIEL ET DEMANDE :
– OÙ ÇA ?

St Fabrice

Lundi

22

Août

Semaine 34

Août

Lundi	Mardi	Mercredi	Jeudi	Vendredi	Samedi	Dimanche
1	2	3	4	5	6	7
8	9	10	11	12	13	14
15	16	17	18	19	20	21
22	23	24	25	26	27	28
29	30	31				

– Aujourd'hui, nous allons étudier les différents stades de la colère, annonce un professeur à ses élèves.
Il prend un téléphone, compose un numéro au hasard et demande :
– Bonjour, madame, pourrais-je parler à Jacques, s'il vous plaît ?
– Vous faites erreur, il n'y a pas de Jacques à ce numéro.
Il raccroche, se tourne vers les étudiants et dit :
– Vous venez d'assister à la phase de mise en condition.
Il réitère le processus de nombreuses fois, jusqu'à ce que la dame, hystérique, n'en puisse plus. Il s'adresse alors à son auditoire :
– Voilà enfin le niveau ultime de la colère.
À ce moment-là, un étudiant lève la main :
– Monsieur, il y a pourtant un stade supérieur !
Il s'empare alors du téléphone, compose une nouvelle fois le numéro et dit :
– Bonjour, madame, je suis Jacques. Y a-t-il eu des messages pour moi ?

Ste Rose de Lima

Mardi
23
Août

Août

Lundi	Mardi	Mercredi	Jeudi	Vendredi	Samedi	Dimanche
1	2	3	4	5	6	7
8	9	10	11	12	13	14
15	16	17	18	19	20	21
22	23	24	25	26	27	28
29	30	31				

Un soir, un homme rentre chez lui et croise un autre homme dans l'escalier. Lorsqu'il arrive à son niveau, celui-ci murmure :
« T'es cocu, t'es cocu... »
Il poursuit tout de même son chemin, retrouve sa femme et n'y pense plus. Le lendemain, il rencontre le même homme au même moment, qui lui dit discrètement : « T'es cocu, t'es cocu... »
Il décide cependant de ne pas en parler à son épouse, pensant qu'il s'agit d'un fou. Toutefois, le troisième soir, lorsque l'incident se reproduit, il demande des explications à sa femme. Surprise, elle rassure son mari quant à sa fidélité. Le quatrième soir, le même énergumène redescend l'escalier alors que l'homme rentre chez lui. Cette fois-ci, il l'attend de pied ferme. Arrivé à son niveau, le personnage murmure :
« Cocu, et rapporteur avec ça ! »

St Barthélemy

Mercredi

24

Août

SEMAINE 34

Août

Lundi	Mardi	Mercredi	Jeudi	Vendredi	Samedi	Dimanche
1	2	3	4	5	6	7
8	9	10	11	12	13	14
15	16	17	18	19	20	21
22	23	24	25	26	27	28
29	30	31				

Une blonde rencontre l'une
de ses amies blondes.
– Je viens de faire un test
de grossesse ! annonce-t-elle.
– C'était dur, les questions ?

St Louis

Jeudi

25

Août

Août

Lundi	Mardi	Mercredi	Jeudi	Vendredi	Samedi	Dimanche
1	2	3	4	5	6	7
8	9	10	11	12	13	14
15	16	17	18	19	20	21
22	23	24	25	26	27	28
29	30	31				

Un homme téléphone à la réception d'un hôpital :
– Bonjour, j'aimerais avoir des nouvelles de l'un de vos patients, Jean Dupont, chambre 302.
– Un instant, je vous prie, je vous passe l'infirmière.
– Bonjour, ici l'infirmière de service, que puis-je pour vous ?
– J'aimerais connaître l'état de Jean Dupont, chambre 302.
– Un instant, je vais essayer de trouver le médecin de garde.
– Ici le docteur Jacques, je vous écoute.
– Bonjour, docteur. Je voudrais des nouvelles de Jean Dupont, chambre 302.
– Un instant, je vais consulter son dossier.
Le docteur reprend le téléphone après quelques minutes :
– Il a bien mangé, sa pression artérielle et son pouls sont stables, il réagit bien aux médicaments prescrits. Il devrait donc sortir ce week-end.
– Ah ! Quelle bonne nouvelle ! Merci beaucoup !
– Je suppose que vous êtes quelqu'un de très proche ?
– Non, docteur ! Je suis Jean Dupont de la chambre 302 ! Comme personne ne me dit rien, je voulais juste savoir comment je me portais.

Ste Natacha

Vendredi

26

Août

Août

Lundi	Mardi	Mercredi	Jeudi	Vendredi	Samedi	Dimanche
1	2	3	4	5	6	7
8	9	10	11	12	13	14
15	16	17	18	19	20	21
22	23	24	25	26	27	28
29	30	31				

Aux États-Unis, un homme est en voiture sur l'autoroute, coincé dans un bouchon. Soudain, quelqu'un frappe à sa vitre.

– Qu'est-ce qui se passe ? demande-t-il.

– Des terroristes ont pris Donald Trump en otage et demandent un million de dollars, sinon ils menacent de l'arroser d'essence et de l'immoler.

– Ah ?

– Alors vous comprenez, on passe auprès de chaque automobiliste pour ramasser des dons.

– Et combien les gens donnent-ils en moyenne ?

– Environ 5 litres.

Ste Monique
St Augustin

Samedi **27** Dimanche **28**

Août

SEMAINE 34

Août

Lundi	Mardi	Mercredi	Jeudi	Vendredi	Samedi	Dimanche
1	2	3	4	5	6	7
8	9	10	11	12	13	14
15	16	17	18	19	20	21
22	23	24	25	26	27	28
29	30	31				

Un monsieur décide d'acheter
un stérilet en or à sa femme.
Elle se le fait poser et le soir même,
ils font l'amour : « Ah, pour une fois
que je rentre dans mes frais ! »
s'écrie-t-il.

Ste Sabine

Lundi

29

Août

Août

Lundi	Mardi	Mercredi	Jeudi	Vendredi	Samedi	Dimanche
1	2	3	4	5	6	7
8	9	10	11	12	13	14
15	16	17	18	19	20	21
22	23	24	25	26	27	28
29	30	31				

Un couple arrive dans un village de vacances. L'hôtesse leur dit :

– Je vous rappelle le règlement que vous avez signé : vous devez faire votre lit.

– Pas de problème ! répond le couple.

– Alors voilà des planches, des clous et un marteau.

St Fiacre

Mardi

30

Août

Août

Lundi	Mardi	Mercredi	Jeudi	Vendredi	Samedi	Dimanche
1	2	3	4	5	6	7
8	9	10	11	12	13	14
15	16	17	18	19	20	21
22	23	24	25	26	27	28
29	30	31				

Sur un vol long-courrier de nuit, deux homosexuels sont assis côte à côte et l'un d'eux est très excité.

– Prends-moi, dit-il à l'autre.

– Tu es fou, on va nous voir !

– Mais non, tout le monde dort !

– Non, j'ai peur qu'on nous voie.

– Je te dis que tout le monde dort !

Pour prouver ce qu'il dit, l'homme se lève et demande fort :

– Quelqu'un aurait du feu ?

Personne ne réagit. L'autre, convaincu, s'exécute. Le lendemain matin, l'hôtesse passe dans le couloir de l'avion. Elle remarque un monsieur avec le visage tout abîmé :

– Qu'est-ce qui vous est arrivé, monsieur ?

– Oh, hier soir, en m'endormant, j'ai heurté l'accoudoir avec ma joue.

– Vous auriez dû appeler, on vous aurait soigné !

– Vous plaisantez ! Hier soir, un type a demandé du feu, il s'est fait sodomiser !

St Aristide

Mercredi

31

Août

Août

Lundi	Mardi	Mercredi	Jeudi	Vendredi	Samedi	Dimanche
1	2	3	4	5	6	7
8	9	10	11	12	13	14
15	16	17	18	19	20	21
22	23	24	25	26	27	28
29	30	31				

Un adolescent confie à son père :
– Papa, j'ai enfin fait l'amour !
– Oh, mais c'est super, mon grand ! Viens dans le salon, on va en parler entre hommes ! Et puis, tiens, on va s'ouvrir une bouteille de champagne pour fêter ça ! Raconte-moi comment ça s'est passé, et puis ne reste pas debout, assieds-toi !
– J'aimerais bien, mais j'ai encore très mal : impossible de m'asseoir...

St Gilles
Rentrée des classes

Jeudi
1
Septembre

Septembre

Lundi	Mardi	Mercredi	Jeudi	Vendredi	Samedi	Dimanche
			1	2	3	4
5	6	7	8	9	10	11
12	13	14	15	16	17	18
19	20	21	22	23	24	25
26	27	28	29	30		

À la rentrée des classes, le directeur d'un internat termine son discours d'accueil :
« En ce qui concerne l'internat, je vous rappelle que le bâtiment des filles est strictement interdit aux garçons. Si l'un d'entre vous y est surpris sans être accompagné par un professeur, il aura une amende. La première fois, l'amende sera de 100 €. La deuxième fois, l'amende sera de 200 €. Si vous y êtes surpris une troisième fois, l'amende sera de 500 €. Avez-vous des questions ? »
À ce moment, un garçon lève la main et demande :
« Et c'est combien, l'abonnement à l'année ? »

Ste Ingrid

Vendredi

2

Septembre

Septembre

Lundi	Mardi	Mercredi	Jeudi	Vendredi	Samedi	Dimanche
			1	2	3	4
5	6	7	8	9	10	11
12	13	14	15	16	17	18
19	20	21	22	23	24	25
26	27	28	29	30		

Dans une pharmacie, un jeune garçon demande :

– Bonjour, pouvez-vous me donner un préservatif ? Ma fiancée m'a invité ce soir et je pense qu'elle attend quelque chose de moi.

Le pharmacien lui en donne un. En partant, le garçon redemande :

– Donnez-m'en un second, parce que la sœur de ma fiancée est très mignonne, et je pense qu'elle aussi attend quelque chose de moi.

Le pharmacien lui donne un second préservatif. Le garçon est sur le point de repartir, quand il se ravise :

– Tout compte fait, donnez-m'en encore un troisième, car la mère de ma fiancée a de beaux restes et quand elle me voit, elle fait toujours des allusions.

Au dîner, alors que le garçon est installé à table, le père arrive. Le garçon baisse instantanément la tête et se met à prier :

– Seigneur, bénis ce repas que Tu nous donnes...

Cinq minutes après, il est encore en train de prier :

– Merci, Seigneur, de Ta bonté...

Dix minutes passent, et le garçon prie toujours. Ils se regardent tous, très surpris. La fiancée se rapproche du garçon et lui dit à l'oreille :

– Je ne savais pas que tu étais si croyant.

– Je ne savais pas que ton père était pharmacien...

St Grégoire
Ste Rosalie

Samedi **3** Dimanche **4**

Septembre

Semaine 35

Septembre

Lundi	Mardi	Mercredi	Jeudi	Vendredi	Samedi	Dimanche
			1	2	3	4
5	6	7	8	9	10	11
12	13	14	15	16	17	18
19	20	21	22	23	24	25
26	27	28	29	30		

Un homme va chez un médecin et lui dit :
– Docteur, j'ai un problème : si j'appuie sur le menton avec mon doigt, ça me fait mal. Si j'appuie sur mon genou, c'est pareil, et de même avec tout le corps. Je crois que mes os sont très fragiles. Est-ce que vous pouvez m'aider ?
Le docteur répond :
– Bien sûr, je vais vous aider : je crois que vous vous êtes cassé le doigt.

Ste Raïssa
Fête du Travail (Canada)

Lundi
5
Septembre

Septembre

Lundi	Mardi	Mercredi	Jeudi	Vendredi	Samedi	Dimanche
			1	2	3	4
5	6	7	8	9	10	11
12	13	14	15	16	17	18
19	20	21	22	23	24	25
26	27	28	29	30		

Un agent du fisc épouse une femme qui a déjà été mariée six fois. Au cours de la nuit de noces, l'épouse dit à son mari :

– Mon chéri, sois doux, s'il te plaît. Je suis vierge.

– Quoi ? Mais tu as déjà été mariée six fois !

– Ben oui. Mon premier mari était psychiatre : il ne faisait que parler de sexe. Mon deuxième était gynécologue : il ne faisait que m'ausculter. Mon troisième était philatéliste et se contentait de me lécher. Mon quatrième était commercial : il disait qu'il connaissait le produit, mais ne savait pas comment l'utiliser. Le cinquième était fonctionnaire : il disait qu'il savait ce qu'il fallait faire, mais que ce n'était pas de sa compétence. Mon sixième, enfin, était électricien : il disait que puisque tout fonctionnait normalement, il valait mieux ne toucher à rien. Alors, je t'ai épousé toi, agent du fisc, pour être certaine de bien me faire niquer.

St Bertrand

Mardi

6

Septembre

Septembre

Lundi	Mardi	Mercredi	Jeudi	Vendredi	Samedi	Dimanche
			1	2	3	4
5	6	7	8	9	10	11
12	13	14	15	16	17	18
19	20	21	22	23	24	25
26	27	28	29	30		

Trois petites souris marseillaises discutent autour d'une table au fond d'un grenier. La modestie n'est pas leur vertu cardinale. La première affirme avec insolence :
– Dites, vous savez, les tapettes dans lesquelles on nous attire avec du gruyère ? Eh bien, moi, j'ai réussi à en soulever les mâchoires et à y prendre le fromage !
La deuxième, pour ne pas se trouver en reste, enchaîne :
– Vous voyez les grains de blé empoisonnés qui traînent çà et là ? Eh bien, moi, je les grignote comme des biscuits à l'apéritif !
C'est alors que la troisième souris se lève et prend congé des deux autres.
– Où vas-tu ? lui demandent-elles, inquiètes.
– Je rentre. C'est l'heure de sauter le chat.

Ste Reine

Mercredi
7
Septembre

Septembre

Lundi	Mardi	Mercredi	Jeudi	Vendredi	Samedi	Dimanche
			1	2	3	4
5	6	7	8	9	10	11
12	13	14	15	16	17	18
19	20	21	22	23	24	25
26	27	28	29	30		

Un vieux monsieur fréquente le même club du troisième âge qu'une veuve qu'il aime secrètement. Un jour, prenant son courage à deux mains, il la demande en mariage et elle accepte avec enthousiasme. Le lendemain, le vieux monsieur lui téléphone :

– Ce que j'ai à vous dire est un peu embarrassant. Hier, je vous ai demandée en mariage, et je ne me souviens pas si vous m'avez répondu oui ou non.

– Oh, comme je suis contente que vous m'appeliez ! Je me souvenais d'avoir dit oui, mais je ne savais plus à qui !

St Adrien
Nativité de la Vierge Marie

Jeudi

8

Septembre

Septembre

Lundi	Mardi	Mercredi	Jeudi	Vendredi	Samedi	Dimanche
			1	2	3	4
5	6	7	8	9	10	11
12	13	14	15	16	17	18
19	20	21	22	23	24	25
26	27	28	29	30		

Un homme avec une souris blanche sur l'épaule entre dans un bar. Il commande un whisky et, avant de boire, trempe son doigt dans le verre et en donne une goutte à la souris. Il réitère sa commande plusieurs fois et, à chaque fois, donne une goutte de whisky à la souris, qui semble apprécier le breuvage. Il finit par sortir de l'établissement complètement ivre. Sa souris toujours sur l'épaule, il titube tellement qu'il heurte les poubelles d'un immeuble et les renverse.

Un quidam irascible commence à l'invectiver depuis son balcon :

– Casse-toi, poivrot !

– Descends de là, si t'es un homme ! répond le soûlard.

La souris, à son tour, s'exclame :

– Et puis amène ton chat !

St Alain

Vendredi

9

Septembre

Semaine 36

Septembre

Lundi	Mardi	Mercredi	Jeudi	Vendredi	Samedi	Dimanche
			1	2	3	4
5	6	7	8	9	10	11
12	13	14	15	16	17	18
19	20	21	22	23	24	25
26	27	28	29	30		

Un homme est embauché comme vendeur dans un hypermarché. Après sa première journée, le chef du personnel vient le voir pour lui demander ses résultats de la journée.

– Combien as-tu fait de ventes ?

– Une seule.

– Ce n'est pas très brillant. Une vente de quel montant ?

– 130 000 €.

Le chef, estomaqué, demande quelques explications.

Le vendeur raconte :

– Un homme s'est présenté, je lui ai vendu un hameçon, puis une petite canne à pêche, puis une grande. Je lui ai ensuite demandé où il comptait aller pêcher, et comme il m'a répondu « près de la côte », je lui ai dit qu'il ferait bien de considérer l'achat d'un bateau. Du coup, je lui ai vendu un hors-bord de 12 m avec deux moteurs.

Ste Inès

St Adelphe

Samedi **10** Dimanche **11**

Septembre

SEMAINE 36

Septembre

Lundi	Mardi	Mercredi	Jeudi	Vendredi	Samedi	Dimanche
			1	2	3	4
5	6	7	8	9	10	11
12	13	14	15	16	17	18
19	20	21	22	23	24	25
26	27	28	29	30		

Un homme discute avec le médecin
qui a accouché sa femme. Surpris
d'avoir eu des triplés, il demande :
– Docteur, dites-moi, des triplés, c'est
incroyable ! Ça dépend de quoi ?
– Eh bien, dit le docteur, ça peut dépendre
de plusieurs facteurs...
– Je le savais !
Ah, les enfoirés !

St Apollinaire

Lundi

12

Septembre

Septembre

Lundi	Mardi	Mercredi	Jeudi	Vendredi	Samedi	Dimanche
			1	2	3	4
5	6	7	8	9	10	11
12	13	14	15	16	17	18
19	20	21	22	23	24	25
26	27	28	29	30		

Une entreprise de bûcheronnage au Québec procède à une embauche et reçoit des candidats. L'un d'eux a indiqué sur son CV : « bûcheron au Sahara ».

Le recruteur s'étonne :

– Mais il n'y a pas d'arbres au Sahara !

– Vous voulez dire : il n'y a PLUS d'arbres au Sahara...

St Aimé

Mardi

13

Septembre

Septembre

Lundi	Mardi	Mercredi	Jeudi	Vendredi	Samedi	Dimanche
			1	2	3	4
5	6	7	8	9	10	11
12	13	14	15	16	17	18
19	20	21	22	23	24	25
26	27	28	29	30		

Donald Trump veut un timbre à son effigie. Les timbres sont créés, imprimés et distribués. Trump est très content, mais au bout de quelques jours, il reçoit des plaintes disant que le timbre ne colle pas. Il convoque les responsables et demande une enquête. Celle-ci est menée dans plusieurs bureaux de poste et les conclusions sont envoyées à Donald Trump : « Il n'y a rien d'anormal avec la qualité des timbres ou de la colle ; le problème vient du fait que les gens ne crachent pas du bon côté. »

St Materne

Mercredi

14

Septembre

Septembre

Lundi	Mardi	Mercredi	Jeudi	Vendredi	Samedi	Dimanche
			1	2	3	4
5	6	7	8	9	10	11
12	13	14	15	16	17	18
19	20	21	22	23	24	25
26	27	28	29	30		

Un homme va dans un bar et commande une bière. Il la boit d'un trait, regarde dans sa poche et en commande une autre. Il la boit et regarde à nouveau dans sa poche. Après l'avoir vu faire plusieurs fois, le serveur lui demande :

– Pourquoi vous regardez dans votre poche après chaque bière ?

– Dans ma poche, il y a une photo de ma femme : quand je la trouverai belle, je rentrerai à la maison.

St Roland

Jeudi

15

Septembre

SEMAINE 37

Septembre

Lundi	Mardi	Mercredi	Jeudi	Vendredi	Samedi	Dimanche
			1	2	3	4
5	6	7	8	9	10	11
12	13	14	15	16	17	18
19	20	21	22	23	24	25
26	27	28	29	30		

Un client entre dans un restaurant et remarque une affiche sur le mur : « 500 € si nous échouons à remplir votre commande ! » Il commande alors des testicules d'éléphant sur du pain de seigle. Quelques instants plus tard, le propriétaire du restaurant, fou de rage, vient le voir, lui lance cinq billets de 100 € et lui dit : « Vous m'avez eu cette fois, mais je veux que vous sachiez que c'est la première fois que nous sommes à court de pain de seigle ! »

Ste Édith

Vendredi

16

Septembre

Septembre

Lundi	Mardi	Mercredi	Jeudi	Vendredi	Samedi	Dimanche
			1	2	3	4
5	6	7	8	9	10	11
12	13	14	15	16	17	18
19	20	21	22	23	24	25
26	27	28	29	30		

Dans un zoo, un employé est exclusivement chargé de s'occuper de l'éléphant Dumbo, qui est la vedette du zoo. Un jour, Dumbo vient à mourir, et l'homme est accablé de chagrin. Il pleure pendant des heures et des heures. À la fin de la journée, le propriétaire du zoo va le voir et lui dit :

– Voyons, arrêtez de pleurer, on en achètera un autre, d'éléphant !

– C'est pas ça le problème : ça se voit que ce n'est pas vous qui allez creuser le trou !

St Renaud
Ste Nadège

Samedi **17** Dimanche **18**
Septembre

SEMAINE 37

Septembre

Lundi	Mardi	Mercredi	Jeudi	Vendredi	Samedi	Dimanche
			1	2	3	4
5	6	7	8	9	10	11
12	13	14	15	16	17	18
19	20	21	22	23	24	25
26	27	28	29	30		

Un octogénaire qui a des problèmes d'audition se décide à consulter un spécialiste. Après avoir étudié son cas, le médecin lui prescrit des prothèses auditives qui lui permettront de retrouver une ouïe de jeune homme. Un mois plus tard, le vieil homme retourne voir son médecin pour une visite de contrôle :

– Mais dites-moi, cette prothèse vous convient parfaitement, me semble-t-il. Votre famille doit être ravie que vous puissiez à nouveau entendre, non ?

– Oh, je n'ai encore rien dit autour de moi : je reste avec eux et j'écoute leurs conversations... J'ai déjà modifié mon testament trois fois !

Ste Émilie

Lundi

19

Septembre

Septembre

Lundi	Mardi	Mercredi	Jeudi	Vendredi	Samedi	Dimanche
			1	2	3	4
5	6	7	8	9	10	11
12	13	14	15	16	17	18
19	20	21	22	23	24	25
26	27	28	29	30		

Trois Russes arrivent au goulag.
– Moi, je suis arrivé au travail avec cinq minutes de retard, alors on m'a accusé de sabotage.
– Moi, j'avais cinq minutes d'avance, alors on m'a accusé d'espionnage.
– Moi, j'étais à l'heure, alors on m'a accusé d'avoir acheté ma montre à l'Ouest !

St Jean-Charles

Mardi

20

Septembre

Septembre

Lundi	Mardi	Mercredi	Jeudi	Vendredi	Samedi	Dimanche
			1	2	3	4
5	6	7	8	9	10	11
12	13	14	15	16	17	18
19	20	21	22	23	24	25
26	27	28	29	30		

DANS UN PRÉ, DEUX VACHES DISCUTENT :

– ÇA NE TE FAIT PAS PEUR, TOI, CETTE HISTOIRE DE VACHE FOLLE ?

– MOI, JE M'EN FICHE, JE SUIS UN LAPIN.

St Matthieu
Journée internationale de la paix

Mercredi

21

Septembre

SEMAINE 38

Septembre

Lundi	Mardi	Mercredi	Jeudi	Vendredi	Samedi	Dimanche
			1	2	3	4
5	6	7	8	9	10	11
12	13	14	15	16	17	18
19	20	21	22	23	24	25
26	27	28	29	30		

Un homme va au cinéma avec un poulet sur l'épaule.
Il demande à la caissière :

– Deux billets, s'il vous plaît.

– Le deuxième billet est pour qui ?

– Pour mon poulet, bien sûr !

La caissière l'informe que le cinéma est interdit aux animaux. Il sort donc et cache le poulet dans son pantalon. Il retourne alors au cinéma, prend un billet et va s'asseoir. Dans la salle, l'homme ouvre sa braguette afin que le poulet puisse regarder le film en passant sa tête par l'ouverture.

Assise à côté de l'homme, une femme le remarque et dit à son amie :

– L'homme à côté de moi vient d'ouvrir sa braguette.

– Tu sais, quand on en a vu une, on les a toutes vues !

– Je sais, mais celle-là, elle mange mon pop-corn...

St Maurice
Journée mondiale sans voiture

Jeudi
22
Septembre

Semaine 38

Septembre

Lundi	Mardi	Mercredi	Jeudi	Vendredi	Samedi	Dimanche
			1	2	3	4
5	6	7	8	9	10	11
12	13	14	15	16	17	18
19	20	21	22	23	24	25
26	27	28	29	30		

Lors d'un entretien d'embauche dans un zoo,
le directeur explique au candidat :
– Voilà, on a dépensé une fortune en publicité pour annoncer l'arrivée d'un gorille de Papouasie, un spécimen unique. Malheureusement, il est mort pendant le voyage.
Je vous propose de le remplacer.
L'homme accepte et, chaque jour, enfile un costume de gorille, se pend aux barres transversales de sa cage et engloutit sa ration de bananes. Il devient vite l'attraction principale du zoo. Un jour, cependant, à force de se balancer, il rate sa prise et tombe dans la cage du tigre. Il panique, cherche à s'enfuir, en vain, et voit le tigre s'approcher doucement de lui. Il commence à crier :
– Au secours, je suis un homme !
– Ferme-la, lui dit le tigre, ou on va se faire virer tous les deux !

St Constant
Automne

Vendredi
23
Septembre

SEMAINE 38

Septembre

Lundi	Mardi	Mercredi	Jeudi	Vendredi	Samedi	Dimanche
			1	2	3	4
5	6	7	8	9	10	11
12	13	14	15	16	17	18
19	20	21	22	23	24	25
26	27	28	29	30		

Un vieux monsieur se promène dans une forêt lorsqu'il entend une petite voix. Il tend l'oreille, se baisse et découvre que la voix est celle d'une grenouille : « Je suis une princesse sensuelle, habile dans tous les domaines du plaisir charnel. Une méchante reine m'a jeté un sort pour me transformer en grenouille, mais si vous m'embrassez, vous briserez la malédiction. Je retrouverai mon apparence de jeune fille et je saurai vous fournir toutes les joies et les plaisirs de mon tempérament voluptueux et de mon ardent désir. »

Sans hésiter, le vieil homme prend la grenouille et la met dans sa poche. Déconcertée, la grenouille s'écrie :

– Eh... Vous n'allez pas m'embrasser ?

– Ben non, répond le vieil homme. À mon âge, c'est plus rigolo d'avoir une grenouille qui parle qu'une nymphomane.

St Anatole

St Hermann

Samedi **24** Dimanche **25**

Septembre

SEMAINE 38

Septembre

Lundi	Mardi	Mercredi	Jeudi	Vendredi	Samedi	Dimanche
			1	2	3	4
5	6	7	8	9	10	11
12	13	14	15	16	17	18
19	20	21	22	23	24	25
26	27	28	29	30		

À la fin d'un entretien d'embauche, le responsable des ressources humaines interroge un jeune ingénieur :

– Et vous aviez pensé à quel salaire de départ ?

– Environ 200 000 € par an, négociables en fonction des avantages annexes.

– Que diriez-vous alors d'un contrat avec 10 semaines de congés payés, 14 jours fériés en sus dans l'année, frais médicaux et dentaires pris en charge par l'entreprise, retraite à 50 ans équivalente à 95 % de votre salaire de l'époque, plus une voiture de fonction haut de gamme remplacée tous les 2 ans ?

Le jeune homme se redresse sur son siège, ébahi :

– Wouah ! Vous êtes sérieux ?

– Non, mais c'est vous qui avez commencé.

Sts Côme et Damien
Rosh Hachana

Lundi
26
Septembre

Septembre

Lundi	Mardi	Mercredi	Jeudi	Vendredi	Samedi	Dimanche
			1	2	3	4
5	6	7	8	9	10	11
12	13	14	15	16	17	18
19	20	21	22	23	24	25
26	27	28	29	30		

Un policier arrête un véhicule dangereux et dit au conducteur :
– Monsieur, soufflez dans cet éthylomètre.
– Je ne peux pas, je suis asthmatique et souffler dans ce genre de trucs, ça me déclenche des crises d'asthme…
– Dans ce cas, suivez-moi au commissariat, un médecin vous fera une prise de sang.
– Impossible, je suis hémophile. Les piqûres me font saigner et j'ai des gigantesques hématomes sur les bras pendant des mois.
– Dans ce cas, je me baserai simplement sur un examen visuel de vos capacités. Venez avec moi jusqu'à cette ligne blanche.
Une fois devant la ligne, le policier lui dit :
– Maintenant, marchez tout droit en mettant vos pieds sur la ligne.
– C'est impossible !
– Et pourquoi, cette fois-ci ?
– Parce que je suis bourré.

St Vincent de Paul

Mardi
27
Septembre

Septembre

Lundi	Mardi	Mercredi	Jeudi	Vendredi	Samedi	Dimanche
			1	2	3	4
5	6	7	8	9	10	11
12	13	14	15	16	17	18
19	20	21	22	23	24	25
26	27	28	29	30		

UNE MAMAN DIT
À SA FILLE :
- VIENS, LISA, ON VA
CHANGER TON PETIT FRÈRE.
- POURQUOI ?
IL EST DÉJÀ USÉ ?

Sᵗ Venceslas

Mercredi

28

Septembre

♎ **Semaine 39**

Septembre

Lundi	Mardi	Mercredi	Jeudi	Vendredi	Samedi	Dimanche
			1	2	3	4
5	6	7	8	9	10	11
12	13	14	15	16	17	18
19	20	21	22	23	24	25
26	27	28	29	30		

DEUX AMIS, DONT L'UN
LIT LE JOURNAL, SONT
À LA TERRASSE D'UN CAFÉ.
« T'AS VU CE QU'ILS DISENT ?
À CHICAGO, IL Y A UN MEC TUÉ
TOUTES LES 20 MINUTES !
LE PAUVRE VIEUX ! »

Sts Michel, Gabriel
et Raphaël

Jeudi

29

Septembre

♎ SEMAINE 39

Septembre

Lundi	Mardi	Mercredi	Jeudi	Vendredi	Samedi	Dimanche
			1	2	3	4
5	6	7	8	9	10	11
12	13	14	15	16	17	18
19	20	21	22	23	24	25
26	27	28	29	30		

Deux blondes font du vélo.
Soudain, l'une d'elles saute de son vélo et dégonfle ses pneus. Son amie lui demande pourquoi elle fait ça et elle lui répond :
– Parce que je suis trop haute sur mon vélo.
À ce moment-là, la deuxième met son guidon à la place du siège et inversement. Son amie lui demande :
– Mais pourquoi tu fais ça ?
– À ton avis ? Je fais demi-tour !

St Jérôme

Vendredi

30

Septembre

Semaine 39

Septembre

Lundi	Mardi	Mercredi	Jeudi	Vendredi	Samedi	Dimanche
			1	2	3	4
5	6	7	8	9	10	11
12	13	14	15	16	17	18
19	20	21	22	23	24	25
26	27	28	29	30		

Le directeur d'un asile de fous a deux perroquets : un rouge et un vert. Un jour, ils s'échappent et vont se percher dans un arbre. Le directeur demande à l'un de ses pensionnaires de grimper dans l'arbre. Celui-ci s'exécute et ramène le perroquet rouge, puis va s'asseoir. Le directeur lui demande pourquoi il n'a pas aussi ramené le perroquet vert. Le fou lui répond : « Comme il n'était pas mûr, je l'ai laissé sur l'arbre ! »

Ste Thérèse de l'Enfant Jésus
St Léger

Samedi **1** Dimanche **2**
Octobre

♎ **Semaine 39**

Octobre

Lundi	Mardi	Mercredi	Jeudi	Vendredi	Samedi	Dimanche
					1	2
3	4	5	6	7	8	9
10	11	12	13	14	15	16
17	18	19	20	21	22	23
24	25	26	27	28	29	30
31						

La femme d'un
psychanalyste lui dit :
– L'ampoule de l'halogène a claqué.
Il faudrait que tu la changes.
– Je veux bien essayer, répond
le psy, mais cela implique de sa
part un désir sincère
de changement.

St Gérard

Lundi

3

Octobre

SEMAINE 40

Octobre

Lundi	Mardi	Mercredi	Jeudi	Vendredi	Samedi	Dimanche
					1	2
3	4	5	6	7	8	9
10	11	12	13	14	15	16
17	18	19	20	21	22	23
24	25	26	27	28	29	30
31						

L'auteur d'un accident de voiture passe en jugement. Son avocat malmène durement un témoin.

– À quelle distance étiez-vous du lieu de l'accident ? questionne-t-il.

– 3,63 m, répond aussitôt le témoin.

– Ah ! ricane l'avocat. Et puis-je savoir comment vous pouvez être si précis ?

– Oh ! fait le témoin, j'ai bien pensé qu'un imbécile me demanderait ça. C'est pourquoi j'ai soigneusement mesuré.

St François d'Assise

Mardi

4

Octobre

Octobre

Lundi	Mardi	Mercredi	Jeudi	Vendredi	Samedi	Dimanche
					1	2
3	4	5	6	7	8	9
10	11	12	13	14	15	16
17	18	19	20	21	22	23
24	25	26	27	28	29	30
31						

Un jeune avocat ouvre son cabinet. Il est impatient de recevoir son premier client et a envie de faire bonne impression. Ainsi, lorsqu'il entend frapper à sa porte, il dit : « Entrez ! » et décroche son téléphone pour simuler une conversation animée :

– Je suis vraiment désolé, monsieur, mais mon emploi du temps est tellement chargé que je ne pourrai pas m'occuper de votre problème avant un mois. Je vous rappellerai à ce moment-là. Au revoir !

Puis le jeune avocat se tourne vers le visiteur et lui demande :

– Bonjour, que puis-je faire pour vous ?

– Je suis des télécoms et je viens brancher votre téléphone.

Ste Fleur
Yom Kippour

Mercredi

5

Octobre

♎ **SEMAINE 40**

Octobre

Lundi	Mardi	Mercredi	Jeudi	Vendredi	Samedi	Dimanche
					1	2
3	4	5	6	7	8	9
10	11	12	13	14	15	16
17	18	19	20	21	22	23
24	25	26	27	28	29	30
31						

Un Continental passe ses vacances en Corse.
Il est plutôt bien accepté par ses voisins, tous corses.
Un jour, il croise ses voisins, qui lui demandent :
– Pourquoi tu fais cette tête ?
– On m'a volé !
– Oh ! Qui t'a volé ? Qu'est-ce qu'on t'a volé ?
– Je crois qu'un Suisse m'a volé ma montre corse.
– Mais non, disent les voisins, tu veux dire
qu'un Corse t'a volé ta montre suisse.
– Ah ? peut-être, dit le touriste, soulagé.
Mais en tout cas, ce n'est pas moi qui l'ai dit.

St Bruno

Jeudi
6
Octobre

Octobre

Lundi	Mardi	Mercredi	Jeudi	Vendredi	Samedi	Dimanche
					1	2
3	4	5	6	7	8	9
10	11	12	13	14	15	16
17	18	19	20	21	22	23
24	25	26	27	28	29	30
31						

Un lord anglais fait visiter sa propriété à un jeune Français.
– C'est un terrain de golf que vous avez là ? Magnifique !
Vous jouez souvent ?
– Non, j'ai essayé une fois, mais ça ne m'a pas plu : trop fatigant.
Puis ils aperçoivent deux chevaux dans un superbe enclos.
– Ah, dit le Français, je vois que vous faites de l'équitation !
– Non, j'ai essayé une fois, mais ça ne m'a pas plu : trop fatigant.
La visite se poursuit et ils longent un court de tennis.
– Je suppose que...
– Non, j'ai essayé une fois, mais ça ne m'a pas plu : trop fatigant.
À ce moment, un jeune homme s'avance vers eux.
– Ah, mon jeune ami, je vous présente mon fils.
Le Français lui serre la main, puis se tourne vers le lord :
– Fils unique, je présume ?

St Serge

Vendredi
7
Octobre

SEMAINE 40

Octobre

Lundi	Mardi	Mercredi	Jeudi	Vendredi	Samedi	Dimanche
					1	2
3	4	5	6	7	8	9
10	11	12	13	14	15	16
17	18	19	20	21	22	23
24	25	26	27	28	29	30
31						

Dieu dit à Adam :
– J'ai une bonne et une mauvaise nouvelle pour toi, Adam !
– Dites-moi la bonne d'abord.
– Je vais te donner une bite et un cerveau. Comme ça, tu auras beaucoup de plaisir et beaucoup de raisonnement.
– Et la mauvaise nouvelle ?
– C'est que ta pression sanguine ne te permettra pas de faire fonctionner les deux organes à la fois.

Ste Pélagie
St Denis

Samedi **8** Dimanche **9**

Octobre

Octobre

Lundi	Mardi	Mercredi	Jeudi	Vendredi	Samedi	Dimanche
					1	2
3	4	5	6	7	8	9
10	11	12	13	14	15	16
17	18	19	20	21	22	23
24	25	26	27	28	29	30
31						

En distribuant les sujets d'un examen, un professeur précise :
– Je ne tolérerai aucun retard, cette épreuve doit durer pile deux heures.
Une heure après le début de l'examen, un étudiant entre dans la salle et demande un sujet. Le professeur le lui donne et ajoute :
– Vous êtes en retard, il ne vous reste donc qu'une heure.
Vingt minutes après la fin de l'épreuve, le retardataire rend sa copie. Le professeur lui dit :
– Vous êtes en retard, je ne peux accepter votre copie.
– Savez-vous seulement qui je suis ?
– Non, et je m'en fiche. Vous êtes en retard, je ne prends pas votre copie.
– Vous ne savez vraiment pas qui je suis ?
– Non, et ça ne m'intéresse pas !
L'étudiant glisse alors rapidement sa copie au milieu de la pile des autres et dit :
– Alors comme ça, vous ne savez pas qui je suis ?

St Ghislain
Action de grâce (Canada)

Lundi
10
Octobre

SEMAINE 41

Octobre

Lundi	Mardi	Mercredi	Jeudi	Vendredi	Samedi	Dimanche
					1	2
3	4	5	6	7	8	9
10	11	12	13	14	15	16
17	18	19	20	21	22	23
24	25	26	27	28	29	30
31						

Deux pêcheurs sont installés au bord d'un lac. Tout à coup, un homme en jet-ski passe devant eux à toute vitesse. Les pêcheurs se lèvent en hurlant. Deux minutes plus tard, le jet-skieur repasse à toute allure et les pêcheurs, exaspérés, pestent à nouveau. Cinq minutes passent et le jet-skieur repasse devant les pêcheurs, tombe et coule à pic.

– Bien fait, espèce de malotru !

Les pêcheurs se regardent, attendent quelques minutes, puis, inquiet, le premier dit au second :

– Maurice, je crois qu'il y a un souci, il ne remonte pas. Je vais plonger pour le récupérer.

N'écoutant que son courage, l'homme ramène le corps sur la berge, puis dit à son ami :

– Il faut vite lui faire du bouche-à-bouche, sinon il va mourir !

Maurice se penche au-dessus de la tête, s'approche et s'exclame :

– Pouah ! Qu'est-ce qu'il pue de la bouche, c'est infect, je ne peux pas faire ça !

– Pousse-toi, lui dit l'autre. Je vais lui faire, sinon il va y rester !

Il se penche au-dessus de l'homme et s'exclame à son tour :

– Pouah, quelle horreur, qu'est-ce qu'il a mauvaise haleine !

– Dis donc, je me demande si on a remonté le bon : regarde, il a des patins à glace.

St Firmin

Mardi

11

Octobre

Semaine 41

Octobre

Lundi	Mardi	Mercredi	Jeudi	Vendredi	Samedi	Dimanche
					1	2
3	4	5	6	7	8	9
10	11	12	13	14	15	16
17	18	19	20	21	22	23
24	25	26	27	28	29	30
31						

En cours de mathématiques, le professeur demande à ses élèves :

– Veuillez sortir vos équerres.

Le pauvre Émile se met alors à pleurer.

Le professeur lui demande :

– Qu'est-ce qu'il y a, Émile ?

– J'ai perdu mon équerre !

– Ce n'est pas grave, pourquoi tu pleures ?

– Mon père va me faire une crise lorsque je lui dirai.

– Pourquoi est-ce qu'il te disputerait ? Ce n'est qu'une équerre, après tout !

– Vous devriez voir l'engueulade qu'il y a eu lorsque ma sœur lui a appris qu'elle n'avait plus ses règles !

St Wilfried

Mercredi

12

Octobre

♎ SEMAINE 41

Octobre

Lundi	Mardi	Mercredi	Jeudi	Vendredi	Samedi	Dimanche
					1	2
3	4	5	6	7	8	9
10	11	12	13	14	15	16
17	18	19	20	21	22	23
24	25	26	27	28	29	30
31						

En faisant du ménage dans son bureau, un fonctionnaire trouve une lampe à huile en métal. Alors qu'il est en train de l'astiquer, un génie apparaît.

– Je suis le génie de la lampe, et je peux t'accorder trois voeux.

– Je voudrais être beau et musclé.

Aussitôt, le génie le transforme en bel Adonis.

Le fonctionnaire demande ensuite :

– Je voudrais être envoyé dans une île uniquement peuplée d'indigènes nymphomanes.

D'un seul coup, le fonctionnaire atterrit sur une plage, encerclé par de magnifiques jeunes femmes qui jettent sur lui des yeux pleins de désir.

Le fonctionnaire adresse alors son troisième souhait au génie :

– Je voudrais ne plus jamais avoir à travailler.

Tout à coup, le fonctionnaire se retrouve assis à son bureau.

St Géraud

Jeudi

13

Octobre

Semaine 41

Octobre

Lundi	Mardi	Mercredi	Jeudi	Vendredi	Samedi	Dimanche
					1	2
3	4	5	6	7	8	9
10	11	12	13	14	15	16
17	18	19	20	21	22	23
24	25	26	27	28	29	30
31						

Deux hommes sont condamnés à mort le même jour. On les conduit dans la chambre d'exécution. Le directeur se tourne vers le premier qui sera exécuté.

– Quelle est votre dernière volonté ?

– J'adore Patrick Bruel. Vous pourriez me faire écouter *Casser la voix* ?

– Certainement, on peut faire ça pour vous. Et vous, demande-t-il au deuxième homme, quelle est votre dernière volonté ?

– Vous pouvez me tuer avant d'exécuter sa dernière volonté ?

St Juste

Vendredi

14

Octobre

Octobre

Lundi	Mardi	Mercredi	Jeudi	Vendredi	Samedi	Dimanche
					1	2
3	4	5	6	7	8	9
10	11	12	13	14	15	16
17	18	19	20	21	22	23
24	25	26	27	28	29	30
31						

Dans un bar, un homme complètement ivre se rend aux toilettes. Il ouvre la porte et, à sa grande stupéfaction, voit des toilettes en or. Le lendemain, l'ivrogne rencontre l'un de ses amis et lui raconte son aventure, tout en lui précisant où se trouve le café. L'ami n'y croit pas trop, mais décide de se rendre dans le bar pour vérifier.

Arrivé devant le barman, il demande :

– Ils sont où, vos toilettes en or ?

Le barman, tournant son regard de l'autre côté du bar, s'exclame :

– Eh, Raymond, j'ai trouvé celui qui a chié dans ton saxo !

Ste Thérèse d'Avila
Début des vacances scolaires
Ste Edwige

Samedi **15** Dimanche **16**
Octobre

Octobre

Lundi	Mardi	Mercredi	Jeudi	Vendredi	Samedi	Dimanche
					1	2
3	4	5	6	7	8	9
10	11	12	13	14	15	16
17	18	19	20	21	22	23
24	25	26	27	28	29	30
31						

Le directeur d'une galerie téléphone
à un artiste :
– L'exposition de ton œuvre a attiré
l'attention de gens malhonnêtes. La galerie
a été cambriolée cette nuit.
– C'est la gloire ! s'écrie le peintre.
– Euh... Oui et non. Parce que je dois
t'avouer qu'ils ont laissé tes tableaux
en se contentant d'emporter ce qui
a de la valeur : les cadres.

St Baudouin

Lundi

17

Octobre

SEMAINE 42

Octobre

Lundi	Mardi	Mercredi	Jeudi	Vendredi	Samedi	Dimanche
					1	2
3	4	5	6	7	8	9
10	11	12	13	14	15	16
17	18	19	20	21	22	23
24	25	26	27	28	29	30
31						

DEUX AMIS DISCUTENT :
- MON SEXE EST SI GRAND QU'IL VA DE A À Z !
- TU REGARDERAS TON CLAVIER...

St Luc

Mardi

18

Octobre

SEMAINE 42

Octobre

Lundi	Mardi	Mercredi	Jeudi	Vendredi	Samedi	Dimanche
					1	2
3	4	5	6	7	8	9
10	11	12	13	14	15	16
17	18	19	20	21	22	23
24	25	26	27	28	29	30
31						

Un petit garçon demande à sa mère :
– Maman, comment je suis né ?
– Euh… Dans un chou ! Ton père et moi, nous t'avons trouvé dans un chou.
– Et ma sœur, comment elle est née ?
– Elle ? Dans une rose ! Nous l'avons trouvée dans une magnifique rose.
Le soir, le petit garçon, entrant sans frapper dans la chambre de ses parents, les trouve en train de faire l'amour. Il leur lance :
– Alors, les vieux, on jardine ?

St René

Mercredi

19

Octobre

Semaine 42

Octobre

Lundi	Mardi	Mercredi	Jeudi	Vendredi	Samedi	Dimanche
					1	2
3	4	5	6	7	8	9
10	11	12	13	14	15	16
17	18	19	20	21	22	23
24	25	26	27	28	29	30
31						

Un homme demande à un avocat :
– Quel est le montant de vos honoraires ?
L'avocat lui répond qu'il est de 1 000 €
pour trois questions. L'homme, étonné,
lui demande :
– N'est-ce pas un peu excessif ?
– Non. Quelle est votre troisième
question ?

Ste Adeline

Jeudi
20
Octobre

SEMAINE 42

Octobre

Lundi	Mardi	Mercredi	Jeudi	Vendredi	Samedi	Dimanche
					1	2
3	4	5	6	7	8	9
10	11	12	13	14	15	16
17	18	19	20	21	22	23
24	25	26	27	28	29	30
31						

Un jeune Corse étudiant en médecine sur le continent vient d'être reçu à ses examens de sixième année. Tout heureux, il téléphone chez lui, au village, et tombe sur son grand-père.

– Papi ! Je suis reçu !

– C'est très bien. Je suis content pour toi. Alors maintenant, tu vas revenir faire le docteur ici ?

– Pas encore, papi. Je vais d'abord faire une spécialité.

– Et quelle spécialité, mon petit ?

– La médecine du travail.

– Ah ! Ils ont enfin reconnu que c'était une maladie !

Ste Céline

Vendredi

21

Octobre

SEMAINE 42

Octobre

Lundi	Mardi	Mercredi	Jeudi	Vendredi	Samedi	Dimanche
					1	2
3	4	5	6	7	8	9
10	11	12	13	14	15	16
17	18	19	20	21	22	23
24	25	26	27	28	29	30
31						

Un car de touristes japonais, appareils photo en mains, passe devant Bercy. L'un des touristes demande au guide de quoi il s'agit.

– C'est l'un de nos plus grands centres de fonction publique, dit le guide.

– Combien de personnes travaillent là-dedans ? demande le touriste.

– Oh, pas plus de 5 %.

Ste Élodie
St Jean de Capistran

Samedi **22** Dimanche **23**

Octobre

Semaine 42

Octobre

Lundi	Mardi	Mercredi	Jeudi	Vendredi	Samedi	Dimanche
					1	2
3	4	5	6	7	8	9
10	11	12	13	14	15	16
17	18	19	20	21	22	23
24	25	26	27	28	29	30
31						

Un homme complètement ivre
tire à la carabine dans une foire.
Il est bon tireur et réussit
à mettre dans le mille. Il gagne une tortue.
Un quart d'heure plus tard, il revient et
gagne à nouveau. Cette fois-ci, on lui offre
une poupée. Il demande :
« Vous n'auriez pas un sandwich,
comme tout à l'heure ? »

St Florentin

Lundi
24
Octobre

Octobre

Lundi	Mardi	Mercredi	Jeudi	Vendredi	Samedi	Dimanche
					1	2
3	4	5	6	7	8	9
10	11	12	13	14	15	16
17	18	19	20	21	22	23
24	25	26	27	28	29	30
31						

Sur une planche de barbecue,
deux saucisses critiquent leur merguez :
– T'as vu à quoi elle ressemble ?
Elle est toute maigre et toute longue.
Soudain, la merguez se retourne et leur dit :
– Vous avez fini ? Je vous entends,
je ne suis pas sourde !
– Mince, s'écrient les saucisses.
On s'est fait griller !

St Crépin

Mardi

25

Octobre

SEMAINE 43

Octobre

Lundi	Mardi	Mercredi	Jeudi	Vendredi	Samedi	Dimanche
					1	2
3	4	5	6	7	8	9
10	11	12	13	14	15	16
17	18	19	20	21	22	23
24	25	26	27	28	29	30
31						

UNE FEMME RACONTE
À L'UNE DE SES AMIES :
– C'EST GRÂCE À MOI SI MON
MARI EST DEVENU MILLIONNAIRE !
– AH BON… ET AVANT, QU'EST-CE
QU'IL ÉTAIT ?
– MILLIARDAIRE !

St Dimitri

Mercredi
26
Octobre

Octobre

Lundi	Mardi	Mercredi	Jeudi	Vendredi	Samedi	Dimanche
					1	2
3	4	5	6	7	8	9
10	11	12	13	14	15	16
17	18	19	20	21	22	23
24	25	26	27	28	29	30
31						

Une jeune fille qui vient de se présenter à l'examen du permis de conduire rentre chez elle. Son père la questionne :

– Alors, comment ça s'est passé ?

– J'en sais rien.

– Comment ça ? L'examinateur ne t'a rien dit ?

– Non, rien… On l'a transporté directement à l'hôpital !

Ste Émeline

Jeudi

27

Octobre

SEMAINE 43

Octobre

Lundi	Mardi	Mercredi	Jeudi	Vendredi	Samedi	Dimanche
					1	2
3	4	5	6	7	8	9
10	11	12	13	14	15	16
17	18	19	20	21	22	23
24	25	26	27	28	29	30
31						

Un écureuil se gare devant
un panneau « Stationnement
interdit ». Un policier le prévient :
– Dites donc, vous voulez une amende ?
– Oh, si ça ne vous dérange pas,
répond l'écureuil,
je préférerais
une noisette.

Sts Simon et Jude

Vendredi

28

Octobre

SEMAINE 43

Octobre

Lundi	Mardi	Mercredi	Jeudi	Vendredi	Samedi	Dimanche
					1	2
3	4	5	6	7	8	9
10	11	12	13	14	15	16
17	18	19	20	21	22	23
24	25	26	27	28	29	30
31						

Un homme veut à tout prix éviter le service militaire. Il va donc voir un ami médecin.

– Le problème, c'est qu'en ce moment, ils prennent tout le monde ! Je ne vois qu'une seule chose : c'est de te faire castrer et de devenir eunuque !

L'homme, après avoir hésité un long moment, décide de se faire châtrer. Quelques jours plus tard, il se présente devant le conseil de révision.

Le médecin militaire l'ausculte rapidement et dit :

– Vous êtes réformé.

Vous avez les pieds plats !

St Narcisse
Ste Bienvenue
Passage à l'heure d'hiver (- 1 h)

Samedi **29** Dimanche **30**

Octobre

Octobre

Lundi	Mardi	Mercredi	Jeudi	Vendredi	Samedi	Dimanche
					1	2
3	4	5	6	7	8	9
10	11	12	13	14	15	16
17	18	19	20	21	22	23
24	25	26	27	28	29	30
31						

Alors que la saison de la chasse n'est pas encore ouverte, un homme tue un canard, s'assoit près d'un étang et commence à le plumer. Tout à coup, il entend des pas. Craignant de se faire arrêter, il jette le canard à l'eau.

Un garde-chasse arrive et lui dit :

– Bonjour, monsieur !

– Bonjour !

– Je dois vous arrêter !

– Pourquoi donc ?

– La saison de la chasse aux canards n'est pas encore ouverte.

– Mais je ne chassais pas !

– Ah, non ? Et c'est quoi ce tas de plumes à vos pieds ?

– Ça ? C'est un canard qui est parti se baigner et qui m'a demandé de garder ses vêtements.

St Quentin
Halloween

Lundi

31

Octobre

SEMAINE 44

Octobre

Lundi	Mardi	Mercredi	Jeudi	Vendredi	Samedi	Dimanche
					1	2
3	4	5	6	7	8	9
10	11	12	13	14	15	16
17	18	19	20	21	22	23
24	25	26	27	28	29	30
31						

Une femme discute
avec une amie :
– J'ai un mari en or !
L'autre lui répond :
– Moi, le mien, il est en taule.

Ste Cassandre
Toussaint
FÉRIÉ

♏ ☽ **SEMAINE 44**

Mardi
1
Novembre

....

....

....

Novembre

Lundi	Mardi	Mercredi	Jeudi	Vendredi	Samedi	Dimanche
	1	2	3	4	5	6
7	8	9	10	11	12	13
14	15	16	17	18	19	20
21	22	23	24	25	26	27
28	29	30				

Au démarrage du train, un homme se penche à la fenêtre et salue son ami resté sur le quai en criant :

– Salut, Georges ! Et merci pour ce superbe week-end. Ta femme est vraiment un super coup !

– Excusez-moi, lui demande un passager. J'ai du mal à y croire. Vous avez réellement dit à cet homme que sa femme était un super coup ?

– Oui, j'ai dit ça, répond l'homme. Mais en fait, ce n'est pas vrai du tout. C'était juste pour ne pas lui faire de peine.

St Victorin
Défunts
Fin des vacances scolaires

Mercredi

2

Novembre

Novembre

Lundi	Mardi	Mercredi	Jeudi	Vendredi	Samedi	Dimanche
	1	2	3	4	5	6
7	8	9	10	11	12	13
14	15	16	17	18	19	20
21	22	23	24	25	26	27
28	29	30				

Une dame se présente
chez un ophtalmologiste
avec son fils.

– C'est pour vous ou pour
votre fils ? demande l'ophtalmologiste.

– C'est pour moi. Mais je lui ai
demandé de venir à cause
des lettres,
je ne sais pas lire…

Sᵗ Hubert

Jeudi

3

Novembre

Semaine 44

Novembre

Lundi	Mardi	Mercredi	Jeudi	Vendredi	Samedi	Dimanche
	1	2	3	4	5	6
7	8	9	10	11	12	13
14	15	16	17	18	19	20
21	22	23	24	25	26	27
28	29	30				

Un préservatif discute
avec un Tampax :
– Tous les mois, tu stoppes
mon business pendant une semaine !
– C'est sûr, mais toi, si tu fais
une seule erreur, je suis au chômage
pendant neuf mois !

St Charles

Vendredi
4
Novembre

SEMAINE 44

Novembre

Lundi	Mardi	Mercredi	Jeudi	Vendredi	Samedi	Dimanche
	1	2	3	4	5	6
7	8	9	10	11	12	13
14	15	16	17	18	19	20
21	22	23	24	25	26	27
28	29	30				

Un couple se rend chez un sexologue. L'homme explique :

– Nous aimerions que vous nous surveilliez pendant que nous faisons l'amour.

Le sexologue accepte. Quand le couple a fini, le sexologue leur demande 300 € en leur disant que tout semble normal dans leur relation. Ce même type de séance se reproduit chaque semaine pendant plusieurs mois. Finalement, le sexologue leur demande :

– Qu'est-ce que vous cherchez exactement ?

– Nous ne cherchons rien, répond l'homme. Elle est mariée et on ne peut pas aller chez elle, je suis marié et on ne peut pas aller chez moi. Le Holiday Inn est à 400 € la nuit, le Hilton à 500 €. Nous le faisons ici pour 300 €, et ma mutuelle me rembourse !

Ste Sylvie
St Léonard

Samedi **5** Dimanche **6**

Novembre

Novembre

Lundi	Mardi	Mercredi	Jeudi	Vendredi	Samedi	Dimanche
	1	2	3	4	5	6
7	8	9	10	11	12	13
14	15	16	17	18	19	20
21	22	23	24	25	26	27
28	29	30				

Devant une vitrine où sont exposés
de superbes manteaux de fourrure,
une femme se blottit contre son mari et lui dit :
– Chéri, j'ai très froid…
– Tu sais bien que je ne peux rien te refuser,
mon amour. Allez, viens, je t'offre
un chocolat chaud !

Ste Carine

Lundi

7

Novembre

Semaine 45

Novembre

Lundi	Mardi	Mercredi	Jeudi	Vendredi	Samedi	Dimanche
	1	2	3	4	5	6
7	8	9	10	11	12	13
14	15	16	17	18	19	20
21	22	23	24	25	26	27
28	29	30				

Une blonde dit à une
de ses amies :
– Pourquoi tu as un bas rouge et
un bas noir ?
– Je ne sais pas, et en plus, j'en ai
trouvé une autre paire comme
ça dans mon armoire !

St Geoffroy

Mardi

8

Novembre

Semaine 45

Novembre

Lundi	Mardi	Mercredi	Jeudi	Vendredi	Samedi	Dimanche
	1	2	3	4	5	6
7	8	9	10	11	12	13
14	15	16	17	18	19	20
21	22	23	24	25	26	27
28	29	30				

Émilie raconte à son père :
« Nos voisins doivent être très pauvres. Ils font toute une histoire parce que leur bébé a avalé une pièce de 1 € ! »

St Théodore

Mercredi

9

Novembre

SEMAINE 45

Novembre

Lundi	Mardi	Mercredi	Jeudi	Vendredi	Samedi	Dimanche
	1	2	3	4	5	6
7	8	9	10	11	12	13
14	15	16	17	18	19	20
21	22	23	24	25	26	27
28	29	30				

Un Corse débarque à Marseille.
Ses amis lui avaient dit :
– Tu verras, là-bas, l'argent, il suffit de se baisser pour en ramasser.
Justement, sur le quai, quelqu'un laisse tomber une liasse de billets de 100 €.
Le Corse passe son chemin en disant :
– Je ne vais quand même pas travailler dès mon arrivée.

St Léon

Jeudi

10

Novembre

Novembre

Lundi	Mardi	Mercredi	Jeudi	Vendredi	Samedi	Dimanche
	1	2	3	4	5	6
7	8	9	10	11	12	13
14	15	16	17	18	19	20
21	22	23	24	25	26	27
28	29	30				

DEUX FEMMES AU VISAGE
RECOUVERT D'UN VOILE
NOIR SE CROISENT.
L'UNE D'ELLES S'ADRESSE
À L'AUTRE :
– VOUS ÊTES VEUVE, VOUS
AUSSI ?
– NON, MOI,
JE SUIS LAIDE.

St Martin de Tours
Armistice de 1918
FÉRIÉ

Vendredi
11
Novembre

Semaine 45

Novembre

Lundi	Mardi	Mercredi	Jeudi	Vendredi	Samedi	Dimanche
	1	2	3	4	5	6
7	8	9	10	11	12	13
14	15	16	17	18	19	20
21	22	23	24	25	26	27
28	29	30				

UNE FEMME DIT
À SON MARI : « BOUGE UN PEU QUE JE PASSE UN COUP DE BALAI ! IL FAUT QUE TOUT SOIT PROPRE POUR LA NOUVELLE FEMME DE MÉNAGE ! »

St Christian
St Brice

Samedi **12** Dimanche **13**

Novembre

Novembre

Lundi	Mardi	Mercredi	Jeudi	Vendredi	Samedi	Dimanche
	1	2	3	4	5	6
7	8	9	10	11	12	13
14	15	16	17	18	19	20
21	22	23	24	25	26	27
28	29	30				

Un pêcheur explique à
un Parisien en vacances :
– Vous savez, hier, il y a eu
une tempête et le port en
a souffert. La jetée a été entièrement
détruite par un raz-de-marée !
Le Parisien répond :
– Jamais je n'aurais cru qu'un rat
puisse faire autant de dégâts !

St Sidoine

Lundi
14
Novembre

SEMAINE 46

Novembre

Lundi	Mardi	Mercredi	Jeudi	Vendredi	Samedi	Dimanche
	1	2	3	4	5	6
7	8	9	10	11	12	13
14	15	16	17	18	19	20
21	22	23	24	25	26	27
28	29	30				

Une famille sénégalaise a du mal à s'intégrer en France. Un jour, ils voient une publicité pour « le savon Michael Jackson qui rend blanc ». Le papa dit :

– On va tous se laver avec, on sera tout blancs, et après, on sera tranquilles !

Ils achètent le savon. La maman se lave la première et devient blanche. Le père fait de même. Seul le petit garçon refuse de se laver.

– Non, je ne veux pas être blanc !

– Viens ici !

– Non, je ne veux pas être blanc !

Le père dit alors à la mère :

– Tu vois, ça fait cinq minutes qu'on est blancs, et on est déjà emmerdés par un Noir !

St Albert

Mardi

15

Novembre

Semaine 46

Novembre

Lundi	Mardi	Mercredi	Jeudi	Vendredi	Samedi	Dimanche
	1	2	3	4	5	6
7	8	9	10	11	12	13
14	15	16	17	18	19	20
21	22	23	24	25	26	27
28	29	30				

UN ÉLÉPHANT CROISE UN HOMME SUR UNE PLAGE NUDISTE. APRÈS L'AVOIR DÉTAILLÉ DES PIEDS À LA TÊTE, IL S'ÉCRIT : « ET C'EST AVEC ÇA QUE TU VEUX MANGER ! »

Ste Marguerite

Mercredi

16

Novembre

Semaine 46

Novembre

Lundi	Mardi	Mercredi	Jeudi	Vendredi	Samedi	Dimanche
	1	2	3	4	5	6
7	8	9	10	11	12	13
14	15	16	17	18	19	20
21	22	23	24	25	26	27
28	29	30				

Deux vieillards discutent :
– Oui, mon gars, c'est comme je te le dis ! Je l'ai fait trois fois la nuit dernière avec une fille de 30 ans !
– Tu rigoles ? Tu ne saurais même plus le faire une fois !
– Mais si, je t'assure. En fait, j'ai un secret : il faut que tu manges beaucoup de pain complet. Je ne rigole pas, essaie et tu verras. Ça marche !
Aussitôt, le vieux se rue chez le boulanger.
– Je voudrais quatre pains complets.
– Ça fait beaucoup de pain, dites donc. Vous êtes sûr qu'il ne sera pas dur avant que vous ne l'ayez terminé ?
– C'est incroyable ça ! Alors tout le monde était au courant, sauf moi ?

Ste Élisabeth

Jeudi
17
Novembre

Novembre

Lundi	Mardi	Mercredi	Jeudi	Vendredi	Samedi	Dimanche
	1	2	3	4	5	6
7	8	9	10	11	12	13
14	15	16	17	18	19	20
21	22	23	24	25	26	27
28	29	30				

Au beau milieu de l'Atlantique Nord, un chalutier vient de faire naufrage. Dérivant à bord de leur canot de sauvetage, les marins commencent à mourir de froid, de faim et de soif lorsqu'un gigantesque paquebot les repère enfin. Le commandant du paquebot dit à son équipage :

– Faites vite, montez ces naufragés à bord et donnez-leur à boire, à manger et de quoi se réchauffer.

Quand les pêcheurs sont à bord du paquebot, le commandant les accueille :

– Vous avez de la chance que nous vous ayons vus ! Bienvenue à bord du *Titanic* !

Ste Aude

Vendredi

18

Novembre

SEMAINE 46

Novembre

Lundi	Mardi	Mercredi	Jeudi	Vendredi	Samedi	Dimanche
	1	2	3	4	5	6
7	8	9	10	11	12	13
14	15	16	17	18	19	20
21	22	23	24	25	26	27
28	29	30				

AU RESTAURANT, UN SERVEUR DEMANDE À UN CLIENT :
– COMMENT AVEZ-VOUS TROUVÉ LE BIFTECK ?
– TOUT À FAIT PAR HASARD, EN SOULEVANT UNE FRITE !

St Tanguy
St Edmond
Journée internationale des droits de l'enfant

Samedi **19** Dimanche **20**
Novembre

Novembre

Lundi	Mardi	Mercredi	Jeudi	Vendredi	Samedi	Dimanche
	1	2	3	4	5	6
7	8	9	10	11	12	13
14	15	16	17	18	19	20
21	22	23	24	25	26	27
28	29	30				

Johnny Hallyday est au restaurant, en train de déjeuner avec son manager. Entre le fromage et le dessert, Johnny s'excuse pour aller aux toilettes. Quelques minutes plus tard, il est de retour et son jean est tout mouillé sur le devant. Son manager lui dit en rigolant :

– Alors quoi, Johnny, t'es devenu incontinent avec l'âge ou bien t'avais tellement envie que t'as pas pu te retenir ?

– Non. C'est juste qu'à chaque fois que je vais pisser dans des toilettes publiques, c'est la même chose : il y a toujours un gars à l'urinoir d'à côté qui me reconnaît et qui se retourne vers moi en disant : « Hé, mais c'est toi, Johnny ? »

St Rufus
Présentation de la Vierge Marie

Lundi
21
Novembre

Novembre

Lundi	Mardi	Mercredi	Jeudi	Vendredi	Samedi	Dimanche
	1	2	3	4	5	6
7	8	9	10	11	12	13
14	15	16	17	18	19	20
21	22	23	24	25	26	27
28	29	30				

Un homme demande
à son voisin :
– Monsieur, savez-vous
que votre chien aboie
toute la nuit ?
– Oh, ça ne fait rien, il dort
toute la journée !

Ste Cécile

Mardi
22
Novembre

Novembre

Lundi	Mardi	Mercredi	Jeudi	Vendredi	Samedi	Dimanche
	1	2	3	4	5	6
7	8	9	10	11	12	13
14	15	16	17	18	19	20
21	22	23	24	25	26	27
28	29	30				

Sherlock Holmes et le Dr Watson sont au camping. Un soir, ils se couchent dans leur tente, mais quelques heures plus tard, Holmes se réveille et réveille son ami :

– Watson, regardez le ciel et dites-moi ce que vous voyez.

– Je vois des millions et des millions d'étoiles.

– Qu'est-ce que cela vous évoque ?

– Astronomiquement, qu'il y a des millions de galaxies et potentiellement des milliards de planètes. Astrologiquement, que Saturne est en Lion. Théologiquement, que Dieu est tout-puissant et que nous sommes petits et insignifiants. Météorologiquement, que nous aurons une belle journée demain... Et vous, Holmes ?

– Watson, vous êtes idiot.
On nous a volé la tente !

St Clément

Mercredi

23

Novembre

SEMAINE 47

Novembre

Lundi	Mardi	Mercredi	Jeudi	Vendredi	Samedi	Dimanche
	1	2	3	4	5	6
7	8	9	10	11	12	13
14	15	16	17	18	19	20
21	22	23	24	25	26	27
28	29	30				

Une maman moustique
prévient ses petits :
– Ne vous approchez jamais
des humains, ils essaieront de vous tuer.
– C'est faux, maman. Hier, il y en
a un qui a passé la soirée
à m'applaudir !

Ste Flora
Thanksgiving (États-Unis)

Jeudi
24
Novembre

SEMAINE 47

Novembre

Lundi	Mardi	Mercredi	Jeudi	Vendredi	Samedi	Dimanche
	1	2	3	4	5	6
7	8	9	10	11	12	13
14	15	16	17	18	19	20
21	22	23	24	25	26	27
28	29	30				

Un vieux monsieur sourd va chez le médecin avec sa femme. Le médecin dit :

– Bien, on va vous faire un bilan de santé.

Le vieux monsieur n'a rien entendu et fait répéter le médecin.

– On va vous faire un bilan, monsieur. Il me faut un prélèvement d'urine, un prélèvement de selles et un de sperme…

– Comment ? crie le vieil homme.

Sa femme lui dit alors :

– LE DOCTEUR DIT QU'IL VEUT TON SLIP !

Ste Catherine

Vendredi

25

Novembre

SEMAINE 47

Novembre

Lundi	Mardi	Mercredi	Jeudi	Vendredi	Samedi	Dimanche
	1	2	3	4	5	6
7	8	9	10	11	12	13
14	15	16	17	18	19	20
21	22	23	24	25	26	27
28	29	30				

Trois vieux messieurs discutent sur un banc :

– Moi, quand j'avais 20 ans, je n'arrivais même pas à plier mon sexe.

– Moi, à 40 ans, j'arrivais à le plier d'un quart.

– Moi, à 60 ans, je le pliais d'un tiers.

– Et hier, j'ai réussi à le plier d'un demi.

Et en chœur :

– C'est fou la force qu'on prend dans les bras avec l'âge !

Ste Delphine
St Séverin
Avent

Samedi **26** Dimanche **27**
Novembre

SEMAINE 47

Novembre

Lundi	Mardi	Mercredi	Jeudi	Vendredi	Samedi	Dimanche
	1	2	3	4	5	6
7	8	9	10	11	12	13
14	15	16	17	18	19	20
21	22	23	24	25	26	27
28	29	30				

Un savant fait
travailler une puce. Il lui dit :
– Saute !
La puce saute. Il lui coupe les pattes et dit :
– Saute !
La puce ne saute pas, alors le savant
note sur son carnet : « Lorsqu'on
coupe les pattes d'une puce, elle devient
sourde. »

St Jacques de la Marche

Lundi
28
Novembre

SEMAINE 48

Novembre

Lundi	Mardi	Mercredi	Jeudi	Vendredi	Samedi	Dimanche
	1	2	3	4	5	6
7	8	9	10	11	12	13
14	15	16	17	18	19	20
21	22	23	24	25	26	27
28	29	30				

Dans le train, le contrôleur dit
à une vieille dame :
– Votre billet est pour Bordeaux,
or, ce train va à Nantes.
– Ça, c'est ennuyeux, grommelle
la voyageuse. Et ça arrive souvent
au chauffeur de se tromper
comme ça ?

St Saturnin

Mardi
29
Novembre

SEMAINE 48

Novembre

Lundi	Mardi	Mercredi	Jeudi	Vendredi	Samedi	Dimanche
	1	2	3	4	5	6
7	8	9	10	11	12	13
14	15	16	17	18	19	20
21	22	23	24	25	26	27
28	29	30				

Lucie et Germaine, deux veuves, vivent dans une résidence pour personnes âgées. Un jour, un vieux monsieur encore bien conservé intègre la résidence. Germaine, qui souhaite retrouver un compagnon, aimerait en savoir plus sur lui. Étant timide, elle mandate Lucie pour l'enquête.

– Alors comme ça, vous êtes nouveau, ici ? demande Lucie. Mon amie Germaine et moi, nous nous demandions ce qu'un homme si bien de sa personne venait faire dans une résidence comme la nôtre...

– C'est que je sors de prison... J'y ai passé 20 ans !

– Non, c'est vrai ? Vous plaisantez ? Et pour quelle raison ?

– J'ai tué ma troisième femme. Je l'ai étranglée.

– Et qu'est-il arrivé à votre deuxième femme ?

– Je l'ai tuée aussi. Avec mon revolver.

– Et votre première femme, alors ?

– Elle est tombée du balcon de l'immeuble où l'on habitait au cours d'une dispute.

Lucie se retourne vers Germaine et lui dit :

– Tout va bien, Germaine, il est veuf !

St André

Mercredi

30

Novembre

SEMAINE 48

Novembre

Lundi	Mardi	Mercredi	Jeudi	Vendredi	Samedi	Dimanche
	1	2	3	4	5	6
7	8	9	10	11	12	13
14	15	16	17	18	19	20
21	22	23	24	25	26	27
28	29	30				

Le vieil Eugène et son épouse Mauricette vont faire une visite de contrôle chez le médecin.

– Comme d'habitude, il n'y a rien à signaler ! lance le docteur. Mais comment faites-vous pour rester en forme ?!

– C'est que Dieu veille sur moi, répond Eugène. Il me fait même signe. Tenez, hier soir, je suis allé aux toilettes et la lumière s'est allumée toute seule. Lorsque j'ai eu fini, elle s'est éteinte toute seule. C'est bien une manifestation divine, non ?

– Tout à fait, lui répond le docteur, qui ne veut pas le contredire. Bon, allez attendre votre femme pendant que je l'ausculte.

Entre alors Mauricette :

– Bonjour, Mauricette ! Dites-moi, Eugène, il n'a plus toute sa tête. Il vient de me dire que la lumière des toilettes s'était allumée toute seule quand il s'y est rendu…

– Ah, l'imbécile ! Il a encore pissé dans le frigo !

Ste Florence
Journée mondiale
de la lutte contre le sida

Jeudi

1

Décembre

....

....

....

Décembre

Lundi	Mardi	Mercredi	Jeudi	Vendredi	Samedi	Dimanche
			1	2	3	4
5	6	7	8	9	10	11
12	13	14	15	16	17	18
19	20	21	22	23	24	25
26	27	28	29	30	31	

Deux vieilles dames sont assises
côte à côte dans un couloir d'hôpital.
La première engage la conversation :
– Dites-moi, vous avez passé
de bonnes vacances ?
– Ne m'en parlez pas,
j'étais dans le coma.
– Ah, et vous avez eu beau temps ?

Ste Viviane
Journée internationale
pour l'abolition de
l'esclavage

Vendredi

2

Décembre

Décembre

Lundi	Mardi	Mercredi	Jeudi	Vendredi	Samedi	Dimanche
			1	2	3	4
5	6	7	8	9	10	11
12	13	14	15	16	17	18
19	20	21	22	23	24	25
26	27	28	29	30	31	

Un vieil homme dit à son médecin :
– Vous savez, ma femme de 30 ans est enceinte ! J'assure plutôt bien, pour mon âge, hein ?
– Écoutez, je vais vous raconter une histoire. Il était une fois le plus grand chasseur d'ours du Grand Nord. Il ne ratait jamais un seul ours. Un jour qu'il n'était pas très bien réveillé, il partit à la chasse avec son parapluie. Lorsqu'un ours arriva, il tira avec son parapluie et hop, l'ours tomba à terre.
– C'est impossible ! Quelqu'un a dû tirer à sa place !
– C'est précisément ce que j'essaie de vous expliquer.

St Xavier
Ste Barbara

Samedi **3** Dimanche **4**

Décembre

Décembre

Lundi	Mardi	Mercredi	Jeudi	Vendredi	Samedi	Dimanche
			1	2	3	4
5	6	7	8	9	10	11
12	13	14	15	16	17	18
19	20	21	22	23	24	25
26	27	28	29	30	31	

Dans l'avion, un homme qui revient des toilettes est rouge de colère et le fait savoir au Belge qui lui a pris sa place côté hublot.

« Ben quoi ? répond le Belge, Je pensais que vous étiez descendu. »

St Gérald

Lundi

5

Décembre

Décembre

Lundi	Mardi	Mercredi	Jeudi	Vendredi	Samedi	Dimanche
			1	2	3	4
5	6	7	8	9	10	11
12	13	14	15	16	17	18
19	20	21	22	23	24	25
26	27	28	29	30	31	

Dans un restaurant, un touriste appelle le garçon :
– On étouffe, ici ! Allumez donc l'air conditionné.
– Bien, monsieur.
Dix minutes plus tard, le touriste dit au garçon :
– On gèle, ici ! Arrêtez un peu l'air conditionné.
– Bien, monsieur.
Un quart d'heure se passe.
– Garçon ! C'est une véritable fournaise.
Remettez en marche l'air conditionné !
– Bien, monsieur.
Un autre touriste, assis à une table voisine, dit au garçon :
– Vous avez une sacrée patience avec ce genre de clients.
– Oh ! Vous savez, l'essentiel, c'est qu'il soit content. Parce qu'entre nous, nous ne l'avons pas encore fait installer, l'air conditionné.

St Nicolas

Mardi

6

Décembre

Décembre

Lundi	Mardi	Mercredi	Jeudi	Vendredi	Samedi	Dimanche
			1	2	3	4
5	6	7	8	9	10	11
12	13	14	15	16	17	18
19	20	21	22	23	24	25
26	27	28	29	30	31	

Un candidat se présente pour un emploi dans une grande société. Le chef du personnel lui dit :

– Pour ce poste, nous recherchons quelqu'un de réellement responsable.

– Alors là, pas de problème ! À mon dernier poste, chaque fois que quelque chose n'allait pas, ils disaient tous que c'était moi le responsable !

St Ambroise

Mercredi

7

Décembre

SEMAINE 49

Décembre

Lundi	Mardi	Mercredi	Jeudi	Vendredi	Samedi	Dimanche
			1	2	3	4
5	6	7	8	9	10	11
12	13	14	15	16	17	18
19	20	21	22	23	24	25
26	27	28	29	30	31	

Deux alpinistes se promènent
en montagne. Alors qu'ils essaient de
traverser un précipice, le premier raconte :
– La dernière fois que je suis passé ici, mon guide
est tombé dans ce gouffre.
– Quelle horreur ! s'exclame l'autre.
Et qu'est-ce que tu as fait ?
– Oh, rien, il lui manquait
beaucoup de pages
de toute façon...

St Hildeman
Immaculée Conception

Semaine 49

Jeudi
8
Décembre

Décembre

Lundi	Mardi	Mercredi	Jeudi	Vendredi	Samedi	Dimanche
			1	2	3	4
5	6	7	8	9	10	11
12	13	14	15	16	17	18
19	20	21	22	23	24	25
26	27	28	29	30	31	

Le patron du service d'ophtalmologie d'un grand hôpital prend sa retraite. Lors de son pot d'adieu, ses collègues, collaborateurs et amis lui offrent un grand tableau d'art moderne représentant un œil immense. L'ophtalmo les remercie, puis murmure tout bas : « Heureusement que je ne suis pas gynécologue… »

St Pierre Fourier

Vendredi

9

Décembre

SEMAINE 49

Décembre

Lundi	Mardi	Mercredi	Jeudi	Vendredi	Samedi	Dimanche
			1	2	3	4
5	6	7	8	9	10	11
12	13	14	15	16	17	18
19	20	21	22	23	24	25
26	27	28	29	30	31	

Un Américain part en vacances en Israël avec sa femme et sa belle-mère.

Pendant le séjour, la belle-mère décède. Les pompes funèbres informent l'Américain et sa femme qu'un rapatriement coûte 5 000 $, alors que l'enterrement sur place coûte 100 $. L'Américain opte sans hésiter pour le rapatriement. Une fois dans leur hôtel, sa femme lui dit :

– Chéri, je suis contente que tu aies choisi le rapatriement, c'est vraiment une belle marque d'amour pour ma mère !

– Ici, ils ont enterré Jésus il y a 2 000 ans, et il est revenu trois jours après sur Terre : je ne voulais prendre aucun risque avec ta mère !

St Romaric
Journée internationale des droits de l'homme
St Daniel

Samedi **10** Dimanche **11**

Décembre

Décembre

Lundi	Mardi	Mercredi	Jeudi	Vendredi	Samedi	Dimanche
			1	2	3	4
5	6	7	8	9	10	11
12	13	14	15	16	17	18
19	20	21	22	23	24	25
26	27	28	29	30	31	

Simone reçoit un coup de fil de son ami Raymond,
qui a visiblement quelques problèmes :
– J'ai besoin de ton aide, Simone.
– Qu'est-ce qu'il se passe ?
– J'ai acheté un puzzle, mais c'est trop dur.
Les pièces ne s'emboîtent pas entre elles !
– Il est censé représenter quoi, ton puzzle ?
– Un grand coq qui chante.
Simone arrive un quart d'heure plus tard chez Raymond.
Ravi, il la conduit à la cuisine où toutes les pièces sont
étalées sur la table. Simone jette un œil et dit :
– Raymond, sois gentil : range les cornflakes
dans la boîte !

St Corentin

Lundi

12

Décembre

Semaine 50

Décembre

Lundi	Mardi	Mercredi	Jeudi	Vendredi	Samedi	Dimanche
			1	2	3	4
5	6	7	8	9	10	11
12	13	14	15	16	17	18
19	20	21	22	23	24	25
26	27	28	29	30	31	

Un homme va acheter un lit
et en demande un très solide.
Le vendeur s'étonne :
– Pourtant, vous n'êtes pas si gros.
– Non, mais j'ai le sommeil lourd !

Ste Lucie

Mardi

13

Décembre

Décembre

Lundi	Mardi	Mercredi	Jeudi	Vendredi	Samedi	Dimanche
			1	2	3	4
5	6	7	8	9	10	11
12	13	14	15	16	17	18
19	20	21	22	23	24	25
26	27	28	29	30	31	

Un vendeur de journaux
clame le titre de son quotidien :
– Scandale ! Soixante personnes
se sont fait escroquer !
Un passant achète le journal.
Alors le vendeur dit :
– Scandale ! Soixante et une personnes
se sont fait escroquer !

Ste Odile

Mercredi
14
Décembre

SEMAINE 50

Décembre

Lundi	Mardi	Mercredi	Jeudi	Vendredi	Samedi	Dimanche
			1	2	3	4
5	6	7	8	9	10	11
12	13	14	15	16	17	18
19	20	21	22	23	24	25
26	27	28	29	30	31	

Dans un grand océan,
une petite vague
est amoureuse du vent.
Celui-ci lui demande tendrement :
– Tu veux que je te fasse une bourrasque
ou un ouragan ?
– Oh non, je veux juste
une petite bise...

Ste Ninon

Jeudi

15

Décembre

SEMAINE 50

Décembre

Lundi	Mardi	Mercredi	Jeudi	Vendredi	Samedi	Dimanche
			1	2	3	4
5	6	7	8	9	10	11
12	13	14	15	16	17	18
19	20	21	22	23	24	25
26	27	28	29	30	31	

Une femme est chez elle avec son amant quand elle entend la voiture de son mari rentrer dans le garage. Elle hurle alors à son amant :

– Dépêche-toi ! Attrape tes vêtements et passe par la fenêtre !

– Je ne peux pas sortir comme ça ! Il pleut des cordes !

– Si mon mari entre dans la chambre et qu'il te voit, il nous tuera tous les deux !

L'homme s'enfuit par la fenêtre et se retrouve en pleine rue au milieu d'un marathon. Il se met donc à courir, nu, aux côtés des autres participants, avec ses vêtements à la main.

– Vous courez toujours tout nu ? lui demande un participant étonné.

– Oui, comme ça, je me sens en totale liberté.

– Et vous emportez toujours vos vêtements pendant la course ?

– Oui, comme ça, je m'habille dès la fin de la course et je rentre directement chez moi !

– Et vous portez toujours un préservatif en courant ?

– Oh non… Seulement quand il pleut.

Ste Alice

Vendredi

16

Décembre

SEMAINE 50

Décembre

Lundi	Mardi	Mercredi	Jeudi	Vendredi	Samedi	Dimanche
			1	2	3	4
5	6	7	8	9	10	11
12	13	14	15	16	17	18
19	20	21	22	23	24	25
26	27	28	29	30	31	

UN HOMME DEMANDE
À UN PEINTRE :
- POURQUOI NE PEIGNEZ-VOUS
QUE DES PAYSAGES ?
- PARCE QUE JAMAIS UN ARBRE
N'EST VENU ME DIRE QU'IL
N'ÉTAIT PAS
RESSEMBLANT !

St Gaël
Début des vacances scolaires
St Gatien
Hanoucca
SEMAINE 50

Samedi 17 Dimanche 18
Décembre

Décembre

Lundi	Mardi	Mercredi	Jeudi	Vendredi	Samedi	Dimanche
			1	2	3	4
5	6	7	8	9	10	11
12	13	14	15	16	17	18
19	20	21	22	23	24	25
26	27	28	29	30	31	

Un jour, le patron d'un restaurant chinois va voir l'épicier de son quartier.
– Bonjour, monsieur, je voudrais cinq boîtes de Whiskas, s'il vous plaît.
– Non, pas question ! Je te connais, tu vas servir ça à tes clients !
– Non, monsieur, j'ai trois chats.
– D'accord, alors amène-moi tes chats et on verra.
Le Chinois montre ses chats à l'épicier et repart avec son Whiskas.
Quelques jours plus tard, le Chinois revient.
– Bonjour, monsieur, je voudrais trois boîtes de Canigou.
– Hors de question, ce coup-ci, tu ne me la feras pas !
Tu vas servir ça à tes clients !
– Non, monsieur, j'ai trois labradors.
– D'accord, alors amène-les-moi et on verra.
Le Chinois montre ses chiens et repart avec ses boîtes. Quelques jours plus tard, il entre dans l'épicerie, un paquet à la main. Il le pose sur le comptoir, l'ouvre et montre ce qui ressemble vaguement à des boulettes de viande.
L'épicier, pensant que le Chinois est venu lui apporter à manger, goûte.
– Mais… c'est de la merde !
– Oui, je voudrais trois rouleaux de papier toilette, s'il vous plaît.

St Urbain

Lundi
19
Décembre

Semaine 51

Décembre

Lundi	Mardi	Mercredi	Jeudi	Vendredi	Samedi	Dimanche
			1	2	3	4
5	6	7	8	9	10	11
12	13	14	15	16	17	18
19	20	21	22	23	24	25
26	27	28	29	30	31	

Un soir, deux amis rentrent à pied d'un pub. Il y a du brouillard, et, manque de chance, une voiture sort de la route et vient faucher l'un des deux hommes. Son camarade se dirige alors vers son domicile pour annoncer la triste nouvelle à sa femme :

– Je suis bien chez la veuve Dupont ?

– Vous êtes chez Mme Dupont, mais elle n'est pas veuve.

– Combien vous pariez ?

St Théophile

Mardi

20

Décembre

Décembre

Lundi	Mardi	Mercredi	Jeudi	Vendredi	Samedi	Dimanche
			1	2	3	4
5	6	7	8	9	10	11
12	13	14	15	16	17	18
19	20	21	22	23	24	25
26	27	28	29	30	31	

Deux enfants discutent
dans la cour de récré :

– T'as demandé quoi pour Noël ?

– Une Game Boy, et toi ?

– Trois boîtes de Tampax.

– C'est quoi, ça ?

– Je sais pas, mais avec, tu peux faire du cheval, de la gym, du vélo...

St Pierre Canisius
Hiver

Mercredi
21
Décembre

SEMAINE 51

Décembre

Lundi	Mardi	Mercredi	Jeudi	Vendredi	Samedi	Dimanche
			1	2	3	4
5	6	7	8	9	10	11
12	13	14	15	16	17	18
19	20	21	22	23	24	25
26	27	28	29	30	31	

Une femme téléphone à son mari
depuis son lieu de vacances :
– Tout va bien ? Le chat est en forme ?
– Non, il est mort !
– Tu aurais pu me ménager, me préparer à cette terrible nouvelle ! Tu aurais pu me dire qu'il se promenait sur le bord du balcon.
Et maman, elle va bien ?
– Elle se promenait sur le bord
du balcon...

Ste Françoise-Xavière

Jeudi
22
Décembre

Décembre

Lundi	Mardi	Mercredi	Jeudi	Vendredi	Samedi	Dimanche
			1	2	3	4
5	6	7	8	9	10	11
12	13	14	15	16	17	18
19	20	21	22	23	24	25
26	27	28	29	30	31	

Un électricien dit à son apprenti :
– Roger, prends l'un de ces deux fils, s'il te plaît !
– Ça y est, j'en ai un !
– Tu ne sens rien ?
– Non, rien du tout...
– Ok, alors, ça doit être l'autre. Surtout n'y touche pas, il y a du 2 000 volts dessus !

St Armand

Vendredi
23
Décembre

SEMAINE 51

Décembre

Lundi	Mardi	Mercredi	Jeudi	Vendredi	Samedi	Dimanche
			1	2	3	4
5	6	7	8	9	10	11
12	13	14	15	16	17	18
19	20	21	22	23	24	25
26	27	28	29	30	31	

C’est la veille de Noël.
Deux fous marchent dans la forêt à la recherche d’un sapin. Après deux heures de recherche, l’un d’eux s’exclame :
« Le prochain sapin qu’on voit, avec ou sans décoration, on le prend ! »

Ste Adèle
St Emmanuel
Noël
FÉRIÉ

Samedi **24** Dimanche **25** Décembre

SEMAINE 51

Décembre

Lundi	Mardi	Mercredi	Jeudi	Vendredi	Samedi	Dimanche
			1	2	3	4
5	6	7	8	9	10	11
12	13	14	15	16	17	18
19	20	21	22	23	24	25
26	27	28	29	30	31	

DEUX ŒUFS SE RENCONTRENT :

- T'AS L'AIR BROUILLÉ...

- JE SUIS CREVÉ, TOTALEMENT À PLAT !

Sᵗ Étienne

Lundi

26

Décembre

SEMAINE 52

Décembre

Lundi	Mardi	Mercredi	Jeudi	Vendredi	Samedi	Dimanche
			1	2	3	4
5	6	7	8	9	10	11
12	13	14	15	16	17	18
19	20	21	22	23	24	25
26	27	28	29	30	31	

Un homme entre dans une bibliothèque
et demande à la bibliothécaire :
– Madame, pouvez-vous m'aider
à chercher un livre ?
– Certainement, monsieur, lequel ?
– Le titre est *L'Homme, le sexe fort.*
La préposée répond :
– Les livres de science-fiction sont
au sous-sol, monsieur !

St Jean

Mardi
27
Décembre

Décembre

Lundi	Mardi	Mercredi	Jeudi	Vendredi	Samedi	Dimanche
			1	2	3	4
5	6	7	8	9	10	11
12	13	14	15	16	17	18
19	20	21	22	23	24	25
26	27	28	29	30	31	

Un homme mort se retrouve en enfer et ne comprend pas pourquoi.
– Il y a un problème ? Vous avez l'air triste. Vous êtes déçu, peut-être ? lui demande le gardien.
– Qu'est-ce que vous croyez ? Me voilà en enfer. Si j'avais su…
– L'enfer n'est pas si mal. Vous y prendrez beaucoup de plaisir, vous verrez. Vous aimez boire ?
– Bien sûr que j'aime l'alcool !
– Alors, vous adorerez les lundis. Le lundi, on boit toute une mer d'alcool ! Vous fumez ?
– Oui, des cigarettes.
– Eh bien, vous adorerez les mardis. Le mardi, c'est le jour où l'on fume. Vous pourrez fumer autant que vous voudrez ! Vous vous droguez ?
– Ben, un peu quand j'étais plus jeune.
– Ah, vous aimerez aussi les mercredis, alors : c'est le jour des drogues. Vous pourrez essayer toutes les drogues qui existent ! Vous aimez jouer ?
– Oui, j'adore !
– Ah, vous aimerez les jeudis, alors, car ce jour-là, l'enfer est un vrai casino ! Vous êtes gay ?
– Ben, non.
– Oh, alors vous allez détester les vendredis…

Sts Innocents

Mercredi

28

Décembre

Semaine 52

Décembre

Lundi	Mardi	Mercredi	Jeudi	Vendredi	Samedi	Dimanche
			1	2	3	4
5	6	7	8	9	10	11
12	13	14	15	16	17	18
19	20	21	22	23	24	25
26	27	28	29	30	31	

Après une vie heureuse, Cendrillon revoit sa marraine la bonne fée.
– Chère marraine, après toutes ces années, que fais-tu ici ?
– Cendrillon, tu as vécu une vie exemplaire. Y a-t-il quelque chose que je puisse faire pour toi ?
– J'aimerais être immensément riche, murmure Cendrillon.
À l'instant même, son fauteuil se change en or massif. Cendrillon remercie sa marraine, qui lui répond :
– C'est la moindre des choses. Quel est ton deuxième souhait ?
– J'aimerais être belle et jeune à nouveau.
Instantanément, elle retrouve sa beauté d'antan.
– Je peux t'exaucer un dernier souhait, dit sa marraine. Quel est-il ?
– Je voudrais que tu transformes mon chat Bob en un beau et viril jeune homme.
Comme par magie, Bob est transformé en un magnifique mâle.
– Félicitations, Cendrillon. Amuse-toi bien ! lui dit la bonne fée avant de partir.
Bob et Cendrillon se regardent tendrement, puis Bob s'avance vers elle et lui murmure :
– Là, tu regrettes de m'avoir fait castrer, n'est-ce pas ?

St David

Jeudi
29
Décembre

Décembre

Lundi	Mardi	Mercredi	Jeudi	Vendredi	Samedi	Dimanche
			1	2	3	4
5	6	7	8	9	10	11
12	13	14	15	16	17	18
19	20	21	22	23	24	25
26	27	28	29	30	31	

Un homme croise l'un de ses amis
dans la rue.

– Tiens, Albert, ça va ?

– Ben, figure-toi que ma belle-mère est morte la semaine dernière…

– Oh mince ! Qu'est-ce qu'elle avait ?

– Bof, trois fois rien : une table, un buffet…

St Roger

Vendredi

30

Décembre

SEMAINE 52

Décembre

Lundi	Mardi	Mercredi	Jeudi	Vendredi	Samedi	Dimanche
			1	2	3	4
5	6	7	8	9	10	11
12	13	14	15	16	17	18
19	20	21	22	23	24	25
26	27	28	29	30	31	

Un homme raconte à un ami
comment s'est passé son Nouvel An.
Il lui dit : « J'ai encore beaucoup bu, mais,
pour une fois, je n'ai pas pris la voiture après !
Par contre, c'est la première fois que
je conduisais un bus ! »

St Sylvestre
Jour de l'An
FÉRIÉ

Samedi **31** Dimanche **1**

Décembre / Janvier

....

....

....

Décembre

Lundi	Mardi	Mercredi	Jeudi	Vendredi	Samedi	Dimanche
			1	2	3	4
5	6	7	8	9	10	11
12	13	14	15	16	17	18
19	20	21	22	23	24	25
26	27	28	29	30	31	